DICAS DA DONA DE CASA REBELDE

Sherri Caldwell e Vicki Todd

DICAS DA DONA DE CASA REBELDE

Felicidade doméstica uma ova!

Tradução
MARTA ROSAS

EDITORA CULTRIX
São Paulo

Título original: *The Rebel Housewife Rules.*

Copyright © 2004 Sherri Caldwell e Vicki Todd.

Todos os direitos reservados. Nenhuma parte deste livro pode ser reproduzida ou usada de qualquer forma ou por qualquer meio, eletrônico ou mecânico, inclusive fotocópias, gravações ou sistema de armazenamento em banco de dados, sem permissão por escrito, exceto nos casos de trechos curtos citados em resenhas críticas ou artigos de revistas.

A Editora Pensamento-Cultrix Ltda. não se responsabiliza por eventuais mudanças ocorridas nos endereços convencionais ou eletrônicos citados neste livro.

Dados Internacionais de Catalogação na Publicação (CIP)
(Câmara Brasileira do Livro, SP, Brasil)

Caldwell, Sherri
    Dicas da dona de casa rebelde : felicidade doméstica uma ova! / Sherri Caldwell, Vicki Todd ; tradução Marta Rosas. -- São Paulo : Cultrix, 2007.

    Título original: The rebel housewife rules
    ISBN 978-85-316-0976-3

    1. Casamento - Humor 2. Família - Humor
    3. Maternidade - Humor 4. Papel dos pais - Humor
    I. Todd, Vicki. II. Título.

07-3747   CDD-817

Índices para catálogo sistemático:
1. Humorismo e sátira : Literatura norte-americana 817

O primeiro número à esquerda indica a edição, ou reedição, desta obra. A primeira dezena
à direita indica o ano em que esta edição, ou reedição, foi publicada.

Edição	Ano
2-3-4-5-6-7-8-9-10-11	07-08-09-10-11-12-13-14

Direitos de tradução para o Brasil
adquiridos com exclusividade pela
EDITORA PENSAMENTO-CULTRIX LTDA.
Rua Dr. Mário Vicente, 368 — 04270-000 — São Paulo, SP
Fone: 6166-9000 — Fax: 6166-9008
E-mail: pensamento@cultrix.com.br
http://www.pensamento-cultrix.com.br
que se reserva a propriedade literária desta tradução.

Ao nosso elenco de personagens

Com todo amor e nossos mais sinceros
agradecimentos — sem vocês, não teríamos
nenhuma história para contar.

Sumário

Agradecimentos 9
Nota às leitoras 11
Introdução: O maior de todos os mitos 13

PARTE UM:
Felizes para sempre 15
    CAPÍTULO 1: Dele, meu e nosso 17
    CAPÍTULO 2: Dia de treinamento 21
    CAPÍTULO 3: Novas opções de carreira 25
    CAPÍTULO 4: "Contra"-parentes e outras bagagens 29
    CAPÍTULO 5: A fuga das segundas-feiras de manhã 33
    CAPÍTULO 6: O que você andou fazendo o dia inteiro? 37
    CAPÍTULO 7: A grande escapada 41
    CAPÍTULO 8: O fogo da paixão 44

PARTE DOIS:
E com o bebê, são três... 47
    CAPÍTULO 9: Não, você não está pronta 49
    CAPÍTULO 10: É isso e pronto 52
    CAPÍTULO 11: Lugar de bebê é em casa 56
    CAPÍTULO 12: As meninas são sempre uns doces? 59
    CAPÍTULO 13: O menino: meu eterno bebê 63
    CAPÍTULO 14: A verdade sobre os brinquedos 66
    CAPÍTULO 15: Reflexões sobre os pais perfeitos 69

PARTE TRÊS:
A família perfeita 73
    CAPÍTULO 16: Como gato e cachorro 75
    CAPÍTULO 17: Uma guerra civil em casa 78
    CAPÍTULO 18: Cozinheira de última hora 82

CAPÍTULO 19: A psicologia do dinheiro 85

CAPÍTULO 20: Tempo demais juntos 88

CAPÍTULO 21: O Natal e outras datas festivas 92

CAPÍTULO 22: Voando alto 95

PARTE QUATRO:

A vida na tribo 99

CAPÍTULO 23: Depois que os filhos vão embora 101

CAPÍTULO 24: A vida social das mães 104

CAPÍTULO 25: Os MDOs (Monstrinhos dos Outros) 110

CAPÍTULO 26: Este mundo é muito estranho... 113

CAPÍTULO 27: À altura das expectativas 116

CAPÍTULO 28: Dias de higiene mental 119

PARTE CINCO:

Homens, sexo & outras fantasias 123

CAPÍTULO 29: Sexo, mentiras & videoteipe 125

CAPÍTULO 30: Quem disse que maior é melhor? 129

CAPÍTULO 31: Coisas com fios 133

CAPÍTULO 32: A fantasia da dona de casa 136

CAPÍTULO 33: Dinheiro de montão, amorzão 139

PARTE SEIS:

Como é que ela consegue? 143

CAPÍTULO 34: Licor Kahlua no café 145

CAPÍTULO 35: Mentirinhas 148

CAPÍTULO 36: A mamãe sabe tudo 151

CAPÍTULO 37: Mamãezinha querida 153

CAPÍTULO 38: A escapada da mamãe 156

Observação final: Mantendo as coisas em perspectiva 160

Agradecimentos

Por trás de cada dona de casa rebelde há uma fantástica equipe de apoio. Gostaríamos de expressar nosso reconhecimento às seguintes pessoas, com amor e gratidão:

Nossos fabulosos maridos, Russ Caldwell e Brad Roos, pelo amor, incentivo e paciência constantes, além do apoio ine\$gotável, de tanta\$ forma\$ demon\$trado.

Nossos filhos formidáveis: Zach, Haleigh e Tiger Scott Caldwell e Clayton e Lillian Roos, por serem nossa fonte de inspiração e motivação, por darem graça à vida — e nos obrigarem a tirar férias de vez em quando. Por todo amor e apoio e pela promoção entusiástica de suas mães — que são donas de casa rebeldes.

Nossa equipe de editoria na Conari Press: Jan Johnson, Kate Hartke, Jill Rogers e todas as muitas pessoas que nos ajudaram na aventura de extrair este livro de nosso louco conceito de um evento editorial (o primeiro de muitos!).

Aos fiéis leitores e assinantes de *www.rebelhousewife.com*, pelo incentivo, por acreditarem em nós e reagirem com tanto carinho.

E, finalmente, a todas as donas de casa rebeldes que há por aí e a todos os que as amam — ponham para fora essa "louca" que há dentro de vocês e sejam bem-vindas ao clube!

Nota às leitoras

Vocês encontrarão duas vozes bem distintas nos mitos, realidades e regras que verão a seguir. As donas de casa rebeldes são Sherri Caldwell (a Ruiva) e Vicki Todd (a Loura): esposas, mães, melhores amigas e ex-vizinhas em Atlanta, Geórgia. A força de nossa amizade e parceria está na atitude semelhante — ambas somos relaxadas, divertidas e anticonvencionais — e nas personalidades em muitos aspectos diferentes, como vocês perceberão.

Achamos que vale a pena apresentar logo de início o nosso elenco de personagens, para que vocês já fiquem sabendo quem tem a ver com quem nas histórias e casos que vamos contar em seguida:

A Ruiva e família

Sherri e Russ
Zach
Haleigh
Tiger Scott (sim, o nome é esse mesmo)
Shaney e Data, os vira-latas

A Loura e família

Vicki e Brad
Clayton
Lillian
Lucy, a dogue alemã
Beauregard, o coelho

Introdução

O maior de todos os mitos

Bem-vinda ao mundo da dona de casa rebelde!

Nós amamos nossos maridos, nossos filhos e nosso papel na vida como mães. Ambas escolhemos essa vida. Mas, apesar de toda a sua importância e do quanto é gratificante, às vezes é um saco ser mãe! Se não podemos nos divertir um pouco, soltar o cabelo, rir, sentir tristeza, reclamar e fazer queixas de vez em quando — rebelar-nos só um pouquinho — é problema na certa!

Mulheres, irmãs — não importa se você é mais velha ou mais nova, a cor da sua pele, se você é casada, divorciada ou solteira — juntem-se a nós na rebelião! Nossos principais objetivos são livrar-nos da armadilha daquilo que pensávamos que a vida *seria*, ter direito a uma certa sanidade mental, gozar mais a vida como ela realmente *é*... É disso que trata este livro.

Queremos derrubar mitos, contar as coisas como são e sugerir umas regras para se viver, com dicas de ação bastante específicas para que você possa gozar a vida como uma dona de casa rebelde.

Para começar, já aqui na Introdução vamos apresentar a você o primeiro mito:

O MAIOR DE TODOS OS MITOS: *Aos 35 anos, a gente já vai estar com tudo resolvido na vida.*

Como é que é? Se você já tem mais de 35, vai poder rir dessa ingenuidade... só que um dia nós acreditamos nela. Pensamos que, quando chegássemos a essa idade, seríamos adultas de verdade, estaríamos "por cima" e conquistaríamos o mundo.

Aos 35, já estaríamos muito bem casadas e felizes para sempre com o príncipe encantado. Teríamos uma família de comercial de TV, dois filhos adoráveis — um menino e uma menina, claro. E um cachorro. Ou talvez um gato. Moraríamos em nossa bela casa, que seria sempre impecável, na melhor área da cidade, com pelo menos dois carros de último tipo na garagem. Teríamos, com certeza, carreiras gratificantes, com um emprego importante o bastante para que tivéssemos direito a um ótimo guarda-roupa e uma conta de despesas — mas esse emprego seria também flexível o bastante para que fôssemos a Melhor Mãe do Futebol da escola, presidente da associação de pais e mestres e supermulher em tempo integral...

Está pronta para cair na real? Uma parte disso é verdade. Algumas de nós temos a sorte de ser felizes para sempre com o príncipe encantado... mas é um trabalho danado, e até ele tem mal hálito todo dia quando acorda e TPM masculina de vez em quando. Quanto às crianças... bem, vamos lidar com esses mitos, realidades e regras aos poucos! Sim, temos cachorros. Não temos gatos. A casa impecável, os carros... convenhamos, uma minivan não entraria nunca nesses planos! E a carreira... ah, a carreira!... Não temos a menor idéia.

Quanto a sermos adultas "de verdade", poderosas e donas do mundo... bem, olhamos em volta e vemos que agora quem manda somos nós mesmo. Nós e todos os outros "bichos-grilos" da escola na década de 80. Nossa. Será que nossos filhos e nós entramos todos numa fria?

Tudo se resume à regra mais importante da dona de casa rebelde:

A MAIOR DE TODAS AS REGRAS: VIVER, AMAR E RIR.

Um dia de cada vez, gata. Cada dia é uma nova aventura.

PARTE UM
Felizes para sempre

Capítulo 1
Dele, meu e nosso

O MITO: *Combinar duas vidas distintas vai ser mais fácil que piscar o olho.*

Dele, meu e nosso. Unidos como se fôssemos um só, não é assim que dizemos quando nos casamos? Perfeito, contanto que o que a gente use seja meu. Quando nos mudarmos para nosso primeiro lar, ele não vai se importar se eu me desfizer da mobília que ele comprou quando estava na faculdade. O sofá cheio de manchas de cerveja não combina com meu *décor* Laura Ashley. Com o tempo, ele vai aprender a apreciar os bons vinhos e não vai nem sentir falta de sua coleção de canecas de cerveja do mundo todo. Eu vou precisar de muito espaço no *closet*, então aqueles velhos suéteres dos tempos da faculdade vão ter de sumir.

Meu novo marido será tão atencioso comigo, me amará tanto... Ele não vai se importar quando eu pegar emprestadas as coisas dele, como o aparelho de barbear. Eu nunca me lembro de comprar giletes e adoro a espuma do creme de barbear que ele usa — ah, uma maravilha, como as pernas ficam lisinhas! Dormir usando suas camisas sociais será tão bom; me fará sentir pertinho dele quando ele estiver longe. Não sei por que, mas nunca tenho meias. Sem problemas, simplesmente usarei as dele.

Juntar nosso dinheiro será uma coisa boa, pois assim sem dúvida teremos mais para gastar. Eu adorarei que ele cuide das finanças.

Estou trazendo para a nossa união uma pequena dívida, mas ele não se importará com isso. Com sua natureza compreensiva e seu tino financeiro, nós nem sequer precisaremos falar sobre minha decisão de gastar o meu empréstimo estudantil numa viagem ao México (nem sobre a razão de ainda estar pagando).

Ele trabalhará duro para sustentar a mim e aos nossos futuros filhos, me cobrirá de presentes e me deixará gastar tudo que eu ganhar comigo mesma. Teremos duas contas separadas: a dele, para pagar as contas e comprar coisas para mim, e a minha, para comprar coisas para mim. Nada mais lógico.

A REALIDADE: *Nem sempre o dele e o meu viram o nosso.*

"Não posso fazer amor num sofá floral rosa. Onde está o meu?"

"Dei pra uma instituição de caridade."

"O quê? Sempre me dei bem naquele sofá e você vem e dá o sofá?"

"Como assim, 'sempre me dei bem'?"

"Bem com você, é isso."

Conseguimos sair ilesos dessa os dois, mas quando ele descobriu que eu havia dado as canecas de cerveja e os suéteres também, dormi sozinha por uma semana.

No dia em que usei seu *kit* de barbear, ele saiu do banheiro como se tivesse acabado de sair do hospital — após a explosão de uma granada. Fiquei me sentindo péssima, mas fingi que não havia percebido.

"Onde está minha camisa social nova? Vou usá-la pra uma entrevista amanhã."

"Hm… é desta aqui que você está falando?" E fiz a pose mais *sexy* possível enquanto apontava para o que estava usando.

"Ah, Vik, tenha paciência! Não tenho mais meias, aparelhos de barbear, creme, nada em que beber minha cerveja. Tenho de parecer macho num sofá floral rosa todo fofo e, ainda por cima, agora não tenho mais nada pra vestir pro trabalho!"

"Ah, ela me faz sentir pertinho de você quando você não está." Buá, buá.

"Desculpe, amor. Vou encontrar outra coisa pra vestir."

As coisas ficaram mais complicadas quando entramos na questão dos gastos. Ele, na verdade, estava esperando que eu contribuísse! O pagamento do carro era minha responsabilidade. Era chocante ver a rapidez com que o funcionário da recompra aparecia quando você se esquecia de pagar uns meses.

Tive de arranjar um emprego — qualquer um — em 24 horas para que fôssemos aceitos como candidatos à compra de nossa primeira casa. Apresentei-me a 14 só em um dia. O mais bem pago que consegui era de US$6 a hora. Era pedir muito a uma princesa que aceitasse — um mês antes, eu estava pensando em que sapatos comprar com a mesada que meus pais me davam para a faculdade. Casa, prestações, carros... ah, será que não podíamos voltar aos dias simples em que bastava dizer: "Papai, preciso de dinheiro este mês"?

Não, agora eu estava "amarrada", e nos casamentos de hoje é preciso haver duas pessoas: dois salários para pagar as contas. Paguei minha metade. O resto foi para a poupança, todos os cinco centavos. Jamais tivemos as contas separadas: ele queria ficar de olho nos meus gastos. Você acredita que ele achou que eu teria coragem de dar um golpe em meu próprio marido?

No espírito da concessão e da harmonia, coloquei uma capa verde no sofá pelo bem da nossa vida sexual. Encontrei a coleção de canecas de cerveja no MercadoLivre.com e a recomprei como presente do segundo ano de casamento.

A REGRA: *"Pegue leve" na hora em que vocês juntarem as coisas.*

Não banque a ditadora. Para que um casamento funcione, é preciso haver dois em tudo, inclusive nas finanças e na decoração.

AS REGRAS DA REBELDE:

1. Não jogue fora os tesouros dele sem seu conhecimento.
2. Esconda tudo o que comprar por uma ou duas semanas e depois vá tirando do esconderijo aos poucos. Se ele perguntar,

você pode dizer, com toda a honestidade: "Ah, esta velharia? Não, estava enfurnada no *closet*!"

3. Antes de depositar seu salário na conta conjunta, saque logo o dinheiro de suas despesas.

4. Sempre pegue troco em dinheiro no mercado.

5. Durma nua e não com a camisa social dele — você vai economizar na lavagem e ele vai ter o que usar para ir ao trabalho!

Capítulo 2
Dia de treinamento

O MITO: *Você pode transformar seu sapo num príncipe.*

Todo mundo sabe que a lua-de-mel não dura para sempre, certo? E não estou falando da lua-de-mel de depois do casamento. Deus sabe, passei uma noite da minha trancada no banheiro do hotel, chorando e me perguntando: "O que foi que eu fiz?"

Muito antes de qualquer dos votos que se fazem nas cerimônias de casamento, nos primeiros tempos de todo relacionamento, tudo é magia: conhecemos alguém especial; achamos que temos muito em comum; tudo no outro é fascinante, engraçado, adorável. O esplendor da paixão e a ingenuidade de quem é jovem (ou tem o coração jovem) e está apaixonado tendem a eclipsar a realidade por algum tempo.

Mas nós sabemos também que o bom comportamento dura pouco. E é aí que realmente se conhecem as pessoas, suas qualidades, defeitos, tudo.

Porém, há uma zona perigosa. Um mito em que todas caímos até certo ponto. Mesmo depois que a paixão passa, a lua-de-mel acaba e conhecemos alguém bem de fato, na alegria e na tristeza, ainda continuamos achando que temos o dom de mudá-lo:

"Depois do casamento... ele vai se ligar menos em esporte e não vai querer ficar tanto tempo com os amigos..."

"Quando tivermos nossa casa... ele vai ajudar mais a mantê-la arrumada..."

"Quando tivermos filhos... ele vai se acomodar e aceitar as responsabilidades..."

"... e depois, quando, se... ele será o príncipe encantado e nós vamos viver felizes para sempre."

A REALIDADE: *Uma vez sapo, sempre sapo.*

Fundamentalmente, nós somos o que somos, com todos os nossos problemas e defeitos. Se ele sempre está com os amigos e abre uma cerveja a cada partida de qualquer esporte antes do casamento, você simplesmente terá de tolerar os amigos, a cerveja e os esportes depois do casamento. Pode acreditar em mim. Nosso primeiro bebê nasceu no domingo da decisão do campeonato de futebol americano — a maior preocupação do novo pai era fazer com que colocassem uma TV na sala de espera para ver o jogo.

Na verdade, com um amante dos esportes, suas primeiras grandes compras vão ser uma TV de tela grande e um *freezer* para a cerveja. Nenhum dos "caras" jamais vai se lembrar de baixar a tampa da privada. Nossa primeira casa foi comprada por causa da TV, e não por causa das crianças ou dos cachorros. E apesar de termos comprado uma casa velha e de ele ter tido uma paixão efêmera pela reforma, passamos mais tempo (e gastamos mais) nas lojas de eletrodomésticos que nas de material de construção. Acabei pintando a sala de jantar, nosso quarto e o quarto do bebê eu mesma — aos seis meses de gravidez, com uma máscara de oxigênio na cara e meu baldinho de enjôo do lado. Afinal, estávamos na época do campeonato de futebol americano. Minha melhor amiga na rua estava lá no jardim, cortando a grama, grávida de nove meses — o marido dela estava com o meu no estádio assistindo a um jogo de beisebol.

Manter a casa arrumada: a roupa suja não seria um ótimo começo? Ele "salva" a dele pelo quarto todo e no *closet*, por via das dúvidas — em caso de precisar usar novamente alguma coisa "antes de você conseguir colocar na lavadora". Não é uma gracinha? Pode ser que ele precise usar aquela camiseta acabada ou "aqueles" *jeans* — aqueles que são exatamente iguais aos outros cinco pares limpos que estão na gaveta — nunca se sabe!

E isso não é o pior! Tudo bem, admito que sou meio neurótica nas questões de roupa suja, mas já são *15 anos* — e ele continua tirando as meias e as camisetas pelo avesso e nunca as desvira (antes de jogá-las no chão). Para mim, ele nem sequer sonha em como se faz isso nem quem desvira tudo para ele (reclamando a cada meia). Por um tempo, eu pensei que, com calma, ele fosse aprendendo — que conseguiria retreiná-lo no quesito roupa suja. Então simplesmente parei (de desvirar, não de lavar). Comecei a pôr na lavadora e depois secava, dobrava e guardava a roupa do jeitinho que ele deixava. E ele usou as meias e camisetas pelo avesso, com as etiquetas aparecendo, até que desisti e voltei a desvirar tudo.

As coisas não melhoram nada quando os filhos chegam. É melhor você testá-lo com crianças antes de a coisa ficar séria: tome conta de uma, passe um tempo com um sobrinho ou sobrinha, vá a um parque de diversões... a maneira como ele é com crianças antes de ter as dele já lhe dará uma boa idéia de como ele será depois. Por sorte, o meu tinha uma experiência muito boa, dos tempos em que havia sido salva-vidas e instrutor de natação e sempre se deu bem com crianças — 45 minutos duas vezes por semana.

Apesar de tudo, ele é um ótimo pai. Minhas únicas queixas: todos eles são maníacos por esportes, deixam a tampa da privada levantada e a questão de não desvirar a roupa suja aparentemente é genética: perco um bom tempo fazendo isso.

A REGRA: *Cuidado, compradora!*

A regra — e também o desafio — é encontrar a pessoa certa. É como comprar um casaco ou um par de sapatos fantásticos que você adorou — mas que simplesmente não dão em você. Você pode tentar fazer algum conserto, uma mudança, qualquer coisa. Mas nunca vai ser o mesmo que encontrar exatamente aquilo que queria, na hora e no lugar certos, pelo preço que lhe convém. Especialmente quando se trata de um homem.

AS REGRAS DA REBELDE:

1. As trocas são divertidas e podem funcionar: "Eu lhe poupo ter de guardar meu secador toda manhã... se você colocar suas cuecas sujas *dentro* do cesto".
2. Amor, atenção e sexo espontâneo podem contribuir muito para uma mudança drástica (mesmo que temporária) de comportamento.
3. Reflita e compreenda: se você conseguir conviver com as idiossincrasias dele (ou seja, todas aquelas coisas que você achava tão bacanas no princípio), ele vai tolerar as suas e as coisas vão se resolver bem.
4. Não perca seu tempo com livros nem cursos especiais para fazê-lo mudar — nada disso vai dar certo mesmo.

Capítulo 3
Novas opções de carreira

O MITO: *Ganhar dinheiro grande é fácil.*

Eu terminei a faculdade, consegui meu primeiro emprego e, lentamente, fui entrando para a "força de trabalho". Após inúmeras mudanças e vários ingratos empregos temporários, cansei de me candidatar e ser rejeitada. Quando chegava a conseguir um emprego, tinha de trabalhar em feriados e fins de semana, de forma que em pouco tempo estava pronta para pular fora da força de trabalho convencional e, quem sabe, abrir meu próprio negócio. Com o apoio do maridão trabalhador, comecei a ver $$ e liberdade.

Estávamos um pouco apertados de dinheiro, portanto eu tinha de inventar um negócio que não precisasse de muito capital. Tomar conta de animais de estimação? Não, teria de trabalhar nos fins de semana. Adoro cachorros, mas tenho alergia a gatos. Uma loja? Não, além de trabalhar nos fins de semana, ia precisar de muito dinheiro para começar. Poderia voltar para a escola... não, queria dinheiro grande e não seria assim que ia conseguir. Pensar, pensar, pensar. Tinha de inventar uma idéia que vendesse "só a mim mesma" e não me obrigasse a trabalhar nos fins de semana.

E consegui! *Personal trainer*! Podia arrumar umas clientes e ensinar-lhes como entrar em forma e continuar em forma! Isso seria fácil. Todas as celebridades estavam contratando *personal trainers*; as madames dos subúrbios ricos não podiam ficar atrás de seus ídolos. Eu adorava ginástica; ensinar os outros a exercitar-se não podia ser difícil. Poderia capitalizar em cima da última mania. Como não queria entrar nessa sozinha, ia convencer minha irmã a deixar o emprego — que era seguro e pagava bem — e ser minha sócia! Juntas ganharíamos rios de dinheiro, ficaríamos em forma e trabalharíamos em casa... mais fácil, impossível!

A REALIDADE: *O caminho que leva à riqueza é cheio de curvas.*

Como é que alguém vira um *personal trainer*? Peguei uma revista e encontrei um anúncio de uma escola (num lugar ótimo) que dava certificados de profissionalização. Pediria a minha mãe o dinheiro para me matricular lá.

E quando dei por mim, estava de malas prontas para ir com minha irmã a Maui — isso mesmo, Maui, no Havaí — e tornar-me *personal trainer*. Passamos os dois meses seguintes em praias ensolaradas para ganhar nosso certificado. Depois de todo esse sacrifício, precisávamos de umas férias. A empresa era nossa e nossa política de férias não tinha restrições nesse aspecto. Nossa missão era dar o melhor aos funcionários, que nesse caso éramos nós duas. Convenci meu marido a pegar um avião e juntar-se a nós (não foi difícil). Com reuniões regadas ao coquetel do dia, acabamos todos "mauizados", fantasiando com o abandono da sociedade. Meu marido poderia virar tratador de piscinas, minha irmã e eu viraríamos deusas do sol e todos seríamos felizes para sempre...

A realidade logo se fez sentir. Tentei usar meu cartão de crédito e foi rejeitado. Foi um duro despertar: quase trinta anos, morando em Maui e sem um centavo no bolso. Voltamos para casa, para que meu marido pudesse reassumir seu emprego e nós iniciássemos nosso novo e lucrativo negócio como *personal trainers*.

Já começamos no vermelho (gastáramos demais no Havaí). Tudo bem, logo, logo estaríamos com centenas de clientes. Resolvemos colocar um anúncio num pequeno jornal local. Menos de dois dias depois, já tínhamos encontrado uma cliente! E não era só uma cliente, era uma cliente com uma amiga! Marcamos um encontro e sentimos que a coisa sairia ainda melhor que o previsto. Elas tinham metas bem difíceis. Queriam perder peso rápido — ontem!

Já que somos otimistas — e estávamos precisando desesperadamente de dinheiro —, aceitamos o trabalho e até cobramos adiantado. Descontamos o cheque (nunca se sabe, elas poderiam mudar de idéia...) e usamos o dinheiro para pagar nossos cartões de crédito. As duas primeiras semanas correram bem. Elas ficaram felizes quando viram que haviam perdido quase um quilo cada uma e estavam andando mais de 1,5 quilômetro por dia. Nós até cozinhamos para elas. Só que logo depois, as coisas começaram a ir por água abaixo. Elas começaram a cancelar as sessões e a dizer que estavam de saco cheio da "comida de coelho" e das minhas ervas caseiras. Os resultados estavam demorando. E me mostraram um anúncio: "Perca cinco quilos em uma semana e coma tudo que quiser!" Quando chegou a hora de pagar o mês seguinte, elas disseram *não*.

Comecei a duvidar se havia escolhido o negócio certo. Ninguém mais havia respondido ao nosso anúncio. O contador não saía do meu pé, repetindo que nunca havia visto tantas saídas e débitos e que eu ia acabar na cadeia se não arrumasse alguma entrada de dinheiro. Tudo bem, eu tinha mil outras idéias. Se essa não tinha funcionado, não queria dizer que eu estava fadada ao fracasso. Ainda me lembro de meu marido gritando: "Não, Vik, chega de idéias! Não temos dinheiro para isso! Arrume um emprego de verdade!"

A idéia seguinte era fantástica. Estava na hora de criar família, mas eu ainda poderia trabalhar — em casa, com o bebê. Talvez escrever um livro — qual o problema?

A REGRA: *Pense diferente, mas seja realista.*

Escolha uma carreira que lhe agrade, mas não tenha medo de mudar de idéia e experimentar coisas novas — essa é uma de nossas prerrogativas como mulheres!

AS REGRAS DA REBELDE:

1. Procure uma amiga com quem trabalhar. É mais divertido e vocês podem rachar as despesas!
2. Não crie dívidas para ficar rica depressa — quando uma coisa parece boa demais para ser verdade, geralmente é mesmo.
3. *Cuidado:* Depois que você pára de trabalhar das 8 às 6, não tem como voltar atrás.
4. São muitas as vantagens quando se é o próprio patrão: é você quem resolve qual o salário, a gratificação e as férias.
5. A rebelde recomenda: *Rich Dads Retire Young, Retire Rich [Os Pais Ricos se Aposentam Jovens, Aposente-se Rico]*, de Robert T. Kiyosaki (Warner Books).

Capítulo 4

"Contra"-parentes e outras bagagens

O MITO: *Casar significa que a vida com os contraparentes será um mar de rosas.*

Ainda me lembro do dia em que conheci a família dele. Levei dias para me recuperar. Queria que tudo fosse perfeito, principalmente eu mesma. Estava supernervosa, pensando que aquelas pessoas fariam parte da minha vida para sempre, e queria que elas gostassem de mim.

Eu estava disposta a fazer tudo que fosse preciso, coisas que jamais sequer sonharia em fazer: elogiar o gelatinoso *lutfisk* da vovó (que na Escandinávia é considerado uma "iguaria") e engolir a gelatina de uva da tia Jane. Tudo bem, elas em breve seriam minhas contraparentes, e eu queria causar boa impressão. Em vez de falar, escutei. Enquanto a mãe dele me contava do que é que o filho gostava de comer, eu tomava notas. Prometi lembrar de tudo. Ouvi todas as histórias da infância dele: quando ele deu o primeiro passo, disse a primeira palavra, as parceiras dos bailes da escola (e o quanto eram bonitinhas) — ela não deixou passar nada. Não pisquei um olho quando a vovó caiu da cadeira — devia estar cansada.

A única coisa em que eu conseguia pensar é que em breve estaríamos casados e nossas famílias seriam uma única família, grande e feliz. Esperava que os irmãos e os tios estivessem felizes por ele finalmente ter encontrado a esposa perfeita. Sabia que eles seriam gentis e nos dariam seu apoio. Achava que ninguém se importaria que eu me responsabilizasse pelo planejamento do casamento, já que seria o meu dia. Eles não seriam contra se nós quiséssemos "desaparecer" e nos dariam milhões de presentes de casamento, de preferência de cristal e porcelana.

Estava louca para escutar: "Você é para mim como uma filha, pode me chamar de mãe". Esperava muita coisa da minha sogra. Esperava que ela ficasse do meu lado nas minhas brigas com o filho (que, naturalmente, seriam raras). Minha segunda mãe estaria sempre ali para apoiar-me, concordando que o filho às vezes é um grosso e aconselhando no que fazer com ele quando nos desentendêssemos. Ela seria minha amiga e confidente, elogiaria meu penteado e minha forma de cuidar da casa.

Quando quisesse me dedicar à carreira e deixar os filhos para depois, os pais dele não mencionariam o meu relógio biológico. Meus contraparentes respeitariam nossa privacidade e nossa independência. Eles nos visitariam em feriados e aniversários e nunca se demorariam demais.

A REALIDADE: *Uma grande família, sim. Feliz, talvez não.*

Quando a vovó caiu, não foi porque estava cansada — foi porque havia tomado uns martinis a mais! Aquele "delicioso" *lutfisk* que eu provei por amor é presença indispensável em todas as reuniões familiares, mesmo que deixe a casa "perfumada" a semana inteira e que só uma pessoa coma. Quando finalmente tive coragem de recusar a gelatina de uva, outra tradição familiar e especialidade da tia Jane, a coisa foi encarada como afronta pessoal à mãe dele. Quem poderia imaginar uma coisa dessas.

Com todo o furor que toma conta das duas famílias quando o assunto são os preparativos para o casamento, fico surpresa de que alguém consiga chegar ao altar. Os detalhes da cerimônia podem fazer os futuros contraparentes colocarem as presas e as garras de fora. Ninguém pensaria que mulheres adultas pudessem bater boca por causa de filé ou frango. A relação de convidados dos irmãos e irmãs dele era interminável. Eles precisavam convidar a avó da madrasta daquele primo em terceiro grau? Quando dissemos que pensávamos em desaparecer a uma dada altura da festa, pela reação parecia que havíamos dito que queríamos nos mudar para Marte. Foi a palavra *desaparecer* que desencadeou tudo. Os pais dele nos ameaçaram, dizendo que nunca nos visitariam (quem dera...). O presente de casamento deles foi uma máquina de lavar, tão prática. Onde estavam os cristais e as porcelanas?

Bem depressa aprendi que nada de bom pode vir da frase "Pode me chamar de mãe". Corra. Não há substituta para aquela que a criou, e a fidelidade dela vai toda para quem ela pôs no mundo. Fazer confidências à mãe dele nunca foi uma boa idéia — só serviu para que ela ficasse contra mim e fofocasse tudo com meu marido. Agora ele sabe que não sou uma loura verdadeira. OK, então ele ia acabar descobrindo mesmo. Fora outros comentários de minha segunda mãe — tipo "Já faz um tempo que você não pega no aspirador", "Nunca vi uma moça comer tanto" e "É você mesma quem corta seu cabelo?" —, que também não ajudaram muito.

Quando comemorei uma promoção no trabalho, recebi um presentinho dos pais dele; um cavalinho de balanço, com um bilhetinho: "Estamos esperando". Esperando o quê? Que eu descobrisse o que fazer com um cavalo de balanço de quase um metro e meio de altura?

Os telefonemas eram sempre a mesma coisa: "Por que vocês nunca vêm nos visitar em Minnesota?" Rapaz, que decisão difícil: passar nossas duas semanas de férias no Havaí ou gastar nosso dinheiro para ir até Minnesota ficar no quarto que ele ficava quando era garoto e continua a mesma coisa há 25 anos?

Pois, em vez disso, eles vieram nos visitar — e não voltaram para casa nunca mais!

A REGRA: *Junto com seu querido vem a família dele, goste você ou não.*

Não se esqueça: ele pode falar e reclamar da família dele, mas você não.

AS REGRAS DA REBELDE:

1. Providenciar um serviço de identificação de chamadas.
2. Mudar-se para um lugar relativamente longe, para poder ter alguma liberdade.
3. Fazer as reservas das passagens deles quando planejarem visitas.
4. Nunca diga à sua sogra "tudo que lhe der na telha".
5. Lembre-se, toda família tem algumas "esquisitices" — ele tolera as da sua, você tem de tolerar as da dele.

Capítulo 5
A fuga das segundas-feiras de manhã

O MITO: *Ele vai adorar ficar o dia todo em casa com as crianças.*

A grama está sempre verde, especialmente no caso dos pais que trabalham fora. Em geral (mas nem sempre!) é papai quem chega cansado em casa depois de um duro dia de trabalho.

Se estivéssemos em um mundo perfeito, mamãe e as crianças estariam a postos, esperando ansiosamente o momento em que o carro de papai dobrasse a esquina cada dia da semana. A casa estaria arrumada, os deveres de casa, feitos, um jantar maravilhoso, pronto, só à espera de que todos se reunissem à mesa. Mamãe receberia papai com um beijo e um sorriso. "Tudo sob controle em casa, querido — seja bem-vindo."

Ele estaria louco para rever a família após o longo dia de trabalho. E teria muito jeito com as crianças: sempre interessado no dia delas, disposto a ajudar nos projetos e deveres de casa, feliz por poder brincar, jogar bola, saltar do trampolim com elas. Ele chegaria cedo para participar das atividades dos filhos. Cancelaria seus compromissos e carregaria a câmera de vídeo para filmar todos os shows de dança e todas as partidas de beisebol, futebol e hóquei. Não perderia nenhuma reunião de pais e mestres, palestra de professores ou programa da escola.

Todos esperariam ansiosos os fins de semana e as férias: acordar cedo, tomar café juntos, embarcar em aventuras familiares. Entrar no carro e passear, fazer coisas diferentes. Até mesmo ficar em casa, limpando o porão ou trabalhando e brincando no quintal, seria divertido e relaxante — a qualidade do tempo juntos é o que importa.

A REALIDADE: *Nem tudo são bombons e telenovelas.*

"Você está atrasado! Eu desisto — seus filhos estão incontroláveis."

Papai chega em casa e encontra a mamãe em tempo integral estressada e exausta, depois de um dia inteiro com as crianças. A casa está uma bagunça, ela, pior ainda e não há o menor sinal de jantar. Ele não entende por quê: ela só fez brincar o dia inteiro, nada de pegar transporte, lidar com papelada, cumprir prazos, aturar chefe, nada difícil. Ele fica com inveja só de imaginá-la rindo e divertindo-se com as crianças até se cansar das brincadeiras do dia inteiro quando ele chega em casa. Se pelo menos ele tivesse tempo para divertir-se, se não estivesse tão cansado e se eles não fizessem tanto barulho e incomodassem tanto toda noite... Sempre há que ir a algum lugar, alguma coisa para fazer, jogos, deveres, compromissos. As crianças não param de gritar e correr pela casa. A mulher dele é um caso perdido, sempre tentando equilibrar as coisas e fugir de tudo (e todos eles) toda vez que pode.

Os fins de semana e as férias são especialmente estressantes. As crianças, que não conseguem sair da cama na hora para ir à escola durante a semana, acordam de madrugada, fazendo barulho e exigências. A única coisa que o papai quer é dormir. Todos os planos tão bem feitos para reunir todos e juntos vivermos aventuras acabam dando errado — criar oportunidades para investir na qualidade do tempo gasto em família é complicado, e os meninos sempre querem fazer outra coisa, gastar mais ou ir ao McDonald's toda vez que se sai para comer fora. Dez minutos depois que eles entram no carro, papai já está quase saindo do sério.

No domingo à noite, ele já deixou o tempo e a qualidade de lado para pensar só na fuga da segunda-feira de manhã. Graças a Deus, ele tem um escritório para ir, um vôo para pegar. Nem tudo são risos e brincadeiras. Ele não conseguiria nunca passar o dia todo em casa, todos os dias, com os filhos. Como é que ela consegue?

As férias e feriados são desejados, mas... sempre é bom voltar ao trabalho. Todos os homens admitem isso. Depois de um Natal especialmente "nervoso" e estressante, meu marido me contou que eles falam dessas coisas quando vão beber água na cozinha: "Meus filhos são *loucos*! Não sei como é que eles conseguem brigar tanto... Eu mal conseguia esperar pra me ver longe de casa!"

E do ponto de vista da mamãe, ele tem o melhor das crianças e o pior da mulher ao fim de um dia cansativo. Ele tem tempo para brincar e se divertir. Não precisa coordenar as coisas para que todos cheguem na hora a cada lugar e cada um com seus pertences, fazer as compras, preparar a comida, limpar a casa nem pôr as roupas na máquina para que todos tenham roupas, lençóis e toalhas limpos. Ele não é chamado pela escola quando algum dos filhos fica doente, não vai a palestras de professores nem a reuniões de pais e mestres (a pressão para se oferecer como voluntário) para passar o pouco tempo livre que tem com as crianças! Ele não tem de dirigir uma minivan cheia de bancos e tralhas de crianças nem levar ninguém ao médico nem ao dentista, aos jogos ou às atividades depois da escola. Ela também fugiria na segunda-feira de manhã se pudesse, mas as coisas não funcionam bem assim.

A REGRA: *Troquem de papéis de vez em quando.*

Deixe papai tomar conta das crianças umas duas ou três noites por ano. O que você faz na escapada da mamãe é outra questão (veja o Capítulo 38), mas o amor e a compreensão que seu marido vai ter com você depois de cuidar sozinho das crianças vai durar mais 362 dias, principalmente quando você der um jeitinho de lembrar a ele: "Você sabe como é difícil". Amor, gratidão *e* uma grande desculpa para as raras (?) vezes em que o jantar sair tarde ou ele não conseguir encontrar nenhuma camiseta limpa.

AS REGRAS DA REBELDE:

1. Mantenha-se a par das diárias das babás e faxineiras — procure saber quanto vale o seu tempo.
2. Invente um ritual com papai para eles toda noite ou sempre que possível — deixe que papai supervisione os banhos ou leia uma historinha antes de eles irem para a cama.
3. Proponha às crianças que mandem um e-mail para papai com as novidades do dia.
4. Lembre-se de se divertir também — só trabalhar e não brincar nunca transforma qualquer mãe em megera!

Capítulo 6

O que você andou fazendo o dia inteiro?

O MITO: *Comparado a trabalhar fora, cuidar da casa e da família — e de mim — vai ser muito fácil.*

Antes de tornar-me dona de casa, batalhei no mundo lá fora. Não havia perguntas sobre o que eu fazia o dia todo — eu trabalhava! Como responsável pelas compras de moda de uma loja, eu viajava para Los Angeles e Nova York todo mês, ficava hospedada no confortável Waldorf-Astoria e comprava roupas o dia inteiro. Meu marido e eu dividíamos igualmente as tarefas da casa e da cozinha. Eu sabia o que esperar. Como membro produtivo da sociedade, ganhei segurança e auto-estima.

Quando resolvi ter filhos, sabia que teria de ficar em casa e cuidar de minha família. E pensei que seria mais ou menos assim:

Vou desfrutar de cada metro quadrado da minha casa superlimpa e organizada. Com essa casa perfeita e sempre arrumada sem o menor esforço, terei tempo de freqüentar a academia e estar sempre em forma, tempo de trabalhar como voluntária no abrigo dos sem-teto e ainda doar sangue. Vou adorar passar horas com meus filhos em suas aulas: serei a mãe mais presente da escola *e* representante do grupo de pais! Vou ter tempo até para trabalhar no jardim e plantar frutas e verduras para alimentar bem a minha família. As crianças vão adorar tudo que for verde.

Com os anjinhos já no segundo ou terceiro sono às sete, poderei dedicar-me ao esperado ritual de passar suas roupinhas, preparar suas lancheiras e, não nos esqueçamos, registrar todas as emoções do dia em um diário. Antes de me deitar em lençóis recém-passados, lerei uns dois capítulos de um bom livro para cultivar a mente e depois colocarei um *négligé* sensual para uma noite de sexo selvagem com meu marido.

A REALIDADE: *O planejamento de cada dia muda antes mesmo que você termine de formulá-lo.*

"Nossa, a casa está uma bagunça. O que você andou fazendo o dia inteiro?"

Rosnei: "Como assim, 'o que você andou fazendo o dia inteiro?'" Destravei as descargas de quatro privadas enquanto punha para lavar cinco levas de roupa, já que nossa filha muda de roupa dez vezes por dia. Aí, o telefone toca: era da escola, avisando que minha filha estava doente e precisava voltar para casa. Peguei o carro e fui para lá, certa de que ela estava fazendo manha (de novo). Tentei dar uma passada rápida no mercado antes de voltar para casa, mas ela vomitou em mim assim que comecei a fazer as compras. Consegui passar no *drive-thru* do Starbucks para pegar um café duplo, mas ela voltou a vomitar. Quando chegamos, eu a pus na cama com um balde do lado, limpei o carro e voltei para a máquina de lavar. Usei litros de amaciante para evitar passar a roupa a ferro depois (minha avó deve estar se revirando na tumba). Coloquei três cestas de roupa limpa na escada para guardar no dia seguinte ou em algum momento deste século.

Hora de pegar o outro filho. Arrastei a menina para fora da cama, ainda agarrada ao balde, e coloquei no carro, com um monte de toalhas para facilitar a limpeza. Antes de sair, voltei correndo para pegar minha tábua de salvação — o celular. Assim, poderia pelo menos ligar para uma amiga e me lamentar das atribulações do dia enquanto esperava na fila — ou engarrafamento — da porta da escola. Depois da fila, tive de agüentar a síndrome do "eu preciso" do meu filho de seis anos (uma síndrome cara cuja única cura é comprar o que ele choraminga que quer para ele finalmente calar a boca).

Resisti a duas horas de prática de beisebol com a menina doente no carro, tentando tapeá-la e arremessar as bolas para os meninos ao mesmo tempo. O celular toca. Meu marido: "Oi, amor! Vou chegar mais cedo hoje."

"O quê?!" Agarrei o menino, as tralhas dele e saí antes do fim do beisebol para começar o "Tornado Instantâneo". O Tornado Instantâneo é quando você joga tudo num armário para dar a impressão de que a casa está arrumada enquanto ameaça as crianças com "Papai Noel não vai trazer nenhum brinquedo se vocês não tomarem banho rapidinho enquanto eu faço o jantar!"

Ai, não! Que jantar? Saí do mercado sem comprar nada, com a menina vomitando. Reviro o *freezer*, encontro um resto de churrasco para o maridão e apronto um sanduíche de manteiga de amendoim e passas para as crianças.

Levo a tropa para a cama e leio a história das Barbies e dos dinossauros. Desejo boa noite e dou mil beijos em cada um.

Acho estranho a cadela estar me seguindo e me lembro que esqueci de dar-lhe comida hoje. Oops. Misturo um pouco de churrasco congelado com a ração e peço perdão. Descongelo o resto do churrasco para ver se crio alguma espécie de jantar com ele enquanto sonho em ir direto para a cama e simplesmente dormir.

Meu marido chega e encontra a mulher descabelada, a casa um desastre e roupa pela escada toda:

"O que você andou fazendo o dia inteiro?"

A REGRA: *Orgulhe-se de suas realizações mais importantes: seus filhos. Eles não vão lembrar do que comeram na janta.*

Não há muito tempo livre no dia de uma mãe. Quando você planeja alguma coisa, sempre acontece outra. Há dias em que dá para controlar as coisas, mas na maioria das vezes a única coisa que se pode fazer é improvisar. Ficar em casa jamais será o mesmo que batalhar no mercado de trabalho, mas as mães aprendem a ser espontâneas, flexíveis e engenhosas, qualidades muito importantes para a sobrevivência.

AS REGRAS DA REBELDE:

1. Restrinja as atividades extra-escolares das crianças para evitar a síndrome da motorista exausta (ficar dentro do carro o dia todo). Matricule-os em cursos freqüentados pelos filhos de amigas e vizinhas para revezar o transporte com elas.
2. Pratique o "Tornado Instantâneo"; é uma arte fundamental.
3. Comece a *happy hour* cedo na sexta-feira — comigo e com Sherri funciona!

Capítulo 7

A grande escapada

O MITO: *O fim de semana romântico.*

Ah... fugir com o príncipe encantado — da casa, dos filhos, do dia-a-dia; uma chance de verdadeira intimidade, sem interrupções nem outras distrações; a doce liberdade de desfrutar de ser marido e mulher, em vez de papai e mamãe; relaxar sem as exigências constantes (bem, dos filhos, pelo menos) de lanches, pipi, orientação e atenção.

E o que é que marido e mulher fazem nos momentos de total descontração? Amor, muito amor, é claro! E também relaxam, fazem compras com calma, saem à noite, tomam pileque, jantam em bons restaurantes, dançam, sem nada com que se preocupar.

Naturalmente, você telefona todas as noites, só para ficar tranqüila, ter certeza de que tudo está bem. Seus filhos ficam tão felizes em falar com você, em saber que você está relaxando e se divertindo...

A REALIDADE: *Você está exausta demais para aproveitar.*

Nenhuma outra coisa provoca tanta confusão, tanta aflição, planejamentos, estratégias e culpa. Antes mesmo de sair pela porta, você está completamente estressada e cansada dos preparativos: providenciar que tudo e todos fiquem bem, deixar toda a programação, com horários e números de telefone, contatos de emergência, procurações para todos que possam precisar levar seus filhos a um médico enquanto você estiver fora. A roupa está toda lavada, as refeições, planejadas, a comida, comprada, a casa, limpa — e você, de saída...

Quando chega a hora de ir mesmo, a única coisa que você quer fazer é dormir!

Fazer amor? OK, é relaxante e também uma boa forma de começar, mas acontece que depois estaremos em cima da hora de tomar banho, nos arrumar e sair para jantar e dançar. Vamos fazer um longo passeio ao luar e namorar muito; veremos o sol raiar e tomaremos champanhe no café da manhã! Hm... talvez seja melhor nós ficarmos só agarradinhos aqui, dormirmos um pouco para virar a noite... e foi assim que acordamos no dia seguinte. Passamos a primeira noite do nosso fim de semana romântico dormindo!

No dia seguinte, resolvemos relaxar e ficar na piscina tomando sol — o que é muito bom, mas tem um pequeno problema: os MDOs. Tivemos um trabalho danado para escapar de nossos próprios filhos e acabamos no meio dos Monstrinhos dos Outros!

Naturalmente, depois de um dia inteiro relaxando e de uma partida de golfe para distrair, voltamos ao quarto para nos arrumar para o jantar e a grande noite (ou seja, para isso mesmo, não para deitar na cama!). E, no fim, acabamos falando o jantar inteiro sobre as crianças. Na verdade, começamos mesmo a *sentir falta* delas.

Ligamos para saber se está tudo bem: grande equívoco. Eles estavam bem, se divertindo, nem lembravam de nós e agora estão chorando e querendo que voltemos para casa. *Agora*. Conseguimos acalmá-los com promessas de levar-lhes presentes — e esse passa a ser o nosso objetivo número 1 no dia seguinte.

O lugar em que fomos dançar era muito barulhento e estava lotado — além de ser caro também. Então optamos pelo tranqüilo passeio ao luar, que foi bom. A promessa de sexo e paixão se cumpriu, mas não é mais aquela coisa de durar a noite inteira nem as maratonas de nossos dias de juventude, ou seja, A.C. (Antes das Crianças). Apesar de tudo, não temos de nos preocupar com o barulho (não conhecíamos ninguém no hotel!) nem com a entrada súbita de ninguém no quarto. Além disso, acordei por mim mesma na manhã seguinte — uma bonita manhã de domingo em que não precisei pular da cama com os gritos assustadores de crianças que acordam cedo demais e brigam por causa de cereais e programas de TV. Dei a meu marido aquele abraço preguiçoso de quem acorda tarde. Teríamos de estar prontos em pouco tempo para fechar a conta antes das 11 e voltar para casa e para os filhos — e ainda tínhamos de comprar lembranças!

A REGRA: *Seja realista em suas expectativas.*

Reserve um dia para descansar da correria antes de entregar-se à diversão. Coloque na sua lista das coisas que vai fazer prazeres simples, elegantes e realmente relaxantes, como um longo banho de espuma, uma boa massagem (profissional ou não!) e um bom livro. Não se canse para relaxar!

AS REGRAS DA REBELDE:

1. Aproveite as longas viagens de carro para conversar e escutar gravações de livros ou partir diretamente para "conteúdos adultos": leia em voz alta as histórias da seção Fórum, da *Penthouse*, enquanto ele dirige — os dois estarão "no clima" quando chegarem.
2. Não ligue para casa nem deixe números — para isso existem os celulares: eles podem lhe telefonar se precisarem.
3. Dica secreta: evite MDOs, fique em locais que só admitem adultos.
4. Às vezes a melhor escapada é justamente ficar em casa: mande as crianças passarem o fim de semana com alguém!

Capítulo 8
O fogo da paixão

O MITO: *Felizes para sempre quer dizer paixão, Paixão, PAIXÃO!*

Namoro. Paixão. Casamento. Mais namoro, mais paixão... e continua assim, sem precisar esforço nenhum.

Na verdade, esse mito tem duas versões:

Versão 1: As promessas dos votos do matrimônio. É tão simples, amar, honrar e respeitar "enquanto os dois viverem". Naturalmente, isso também significa sexo! Com segurança, sem culpas nem complicações, onde e quando você quiser. Se você pode ter isso, por que iria abrir mão?

A suprema promessa do matrimônio está no amor e na paixão que crescem a cada dia e se aprofundam com os anos, abarcando o nascimento dos filhos e a progressão natural da vida:

Nas emoções dos vinte anos: "Oba! Sexo!"

No crescimento dos trinta: "Vamos fazer amor... no fim de semana".

Na estabilidade dos quarenta: "Esta noite as crianças não estão em casa — vamos transar!"

Na casa vazia dos cinqüenta: "Vamos fazer amor... na mesa da cozinha!"

Na aposentadoria dos sessenta: "Vamos transar na estrada — já pro *trailer*!"

Na "vovozice" dos setenta: "???"

E quem sabe o que vem depois disso?

Versão 2, a que eu conheci quando era adolescente: por fim, a convivência e o companheirismo superam a paixão. "Você acaba não dando muita importância ao resto". (O quê?!) Meus avós tiveram quartos separados desde que chegaram aos cinqüenta anos — e não tinha essa de um dormir no quarto do outro, não. Simplesmente era assim. Eles se amavam, mas não ficavam muito juntos durante o dia e menos ainda durante a noite. Nada de paixão. "É assim que as coisas são."

A REALIDADE: *Você tem que avivar o fogo para que ele continue a arder.*

Ainda bem que conheci pessoas na faixa dos sessenta aos oitenta fora da minha família! E pude observar que há relacionamentos dinâmicos, cheios de amor e paixão, que duram até o fim da vida — gente "idosa" que se diverte e faz coisas que só de imaginar me dá cansaço, e veja que só tenho trinta e alguns! (Essa reação é mais por causa dos filhos pequenos do que pela idade.)

Sem esforço nenhum? Não. A cerimônia do casamento é tão inocente, tão doce, tão otimista — é a parte fácil. A lua-de-mel acaba antes do primeiro ano e você começa a pensar: "Então é *isso*? Esta é a única pessoa com quem vou transar pelo resto da vida?"

Ah, por favor. Sexo sempre com a mesma pessoa acaba dando tédio, ficando monótono, rotineiro. E com as complicações extras dos filhos, trabalho, stress e cansaço... Pelo amor de Deus! Não é de estranhar que tanta gente se divorcie ou recorra a aventuras fora do casamento para se realizar sexualmente. (Leia só um pouco mais; eu sou defensora da monogamia!)

Depois de ter passado por ela (e sobrevivido, graças a Deus!), eu *sei* por que é que existe a "crise dos sete anos": você se acostuma tanto, já conhece tão bem o território, não há nenhum fingimento — os dois já arrotaram, peidaram e vomitaram na presença do outro. Provavelmente já tiveram um ou dois filhos e com a atual e incompreensível popularidade da "cama tamanho família", deve ter pelo menos um enfiado entre você e o marido todas as noites. O que é que uma dona de casa rebelde pode fazer?

A REGRA: *Arregace as mangas, garota!*

O casamento e a intimidade devem ser prioridade para os dois. Os filhos vão crescer e (finalmente) sairão de casa, e vocês vão ter só um ao outro — liberdade, que maravilha! Você tem de manter a coisa divertida, *sexy* e cheia de emoção, mesmo que estejam juntos há décadas e mesmo com todo o cansaço do trabalho, das crianças e de chegar ao fim de mais um dia.

Quando vocês ficarem entediados um com o outro, mude! Faça algo diferente. Seja criativa. Procurem se surpreender. Se você tentar, ele também o fará.

AS REGRAS DA REBELDE:

1. Tenha um caso, se for preciso. Mas que seja com seu marido! É muito mais seguro, fácil, barato e *realmente* pode ser muito bom.
2. Envie-lhe e-mails picantes ou dê-lhe em que pensar durante o dia com uma mensagem de texto "censurada".
3. Marque encontros ao meio-dia. Tenham um bom almoço... ou o que quer que seja!
4. Brinque e divirta-se: se arrume toda (ou não vista nada), fantasie, finja, surpreenda-o com brinquedinhos e complementos (que podem ser tão simples como creme *chantilly*... ou o que você quiser!)
5. Poucos seriam os homens que não adorariam encontrar no meio da correspondência uma revista ou pacote "impróprio para menores". Surpresa = Diversão!

PARTE DOIS

E com o bebê, são três...

Capítulo 9
Não, você não está pronta

O MITO: *Ter um filho é fácil — tudo está na preparação.*

Eu estava pronta. Passei meses labutando para decidir que berço comprar, semanas escolhendo a roupa de cama: a manta de ursinhos ou a de carrinhos de corrida? Lavei à mão todas as roupinhas com sabão orgânico inodoro e hipoalergênico. Passei cada uma delas a ferro com o maior cuidado. Sonhava com o som suave de murmúrios e balbucios. Quase podia sentir aquele cheirinho de bebê recém-saído do banho — com produtos de primeira qualidade, mas nada seria demais para o meu bebê.

Meu pedacinho de alegria seria o retrato da perfeição vestido com um macaquinho exclusivo, feito à mão, com trinta minúsculos botões e sapatinhos combinando. Ele adoraria comer as comidinhas que eu lhe prepararia. Naturalmente, ele dormiria a noite inteira para que eu e o pai dele pudéssemos ter mais noites de sexo maravilhoso e fazer mais filhos perfeitos.

Minha melhor amiga passou a ser a vendedora da loja de produtos infantis. Eu escrevia cada palavra que ela dizia. Comprei um estoque de brinquedos educativos, trecos para aumentar a segurança do bebê na casa, bonecos falantes e — nunca podemos esquecer — os importantíssimos livros para os pais. Li todos da primeira à última página; estava preparada para tudo.

Seria a mãe perfeita, poderia até arrumar um emprego para as horas vagas. Faria exercícios, entraria logo em forma e, claro, a casa estaria sempre impecável. O que pode haver de tão difícil quando se cuida de um bebê?

A REALIDADE: *Um bebê muda tudo. Não há preparação possível.*

Choro, choro, choro, cocô, cocô, cocô. Banho... o que é isso?! Não sei por que me preocupei tanto com a manta dele; ele nunca a viu e até hoje (sete anos depois) prefere a da minha cama. Em cinco minutos, golfou a papinha de ervilhas que eu fiz no tal macaquinho feito à mão. Primeiro, eu quase não consegui desabotoá-lo. Depois de meia hora esfregando, os botõezinhos caíram todos. A mancha verde, é claro, não saiu até hoje.

O sabão natural causou uma irritação feia no bumbum dele. O anjinho encontrou o frasco de shampoo caríssimo e derramou-o todo no chão; a cadela aparentemente adorou. Passei a usar Suave — e, sabe, o cheiro até que é bom! Naturalmente, meu pedacinho de alegria dorme a noite inteira, entre mim e o pai dele. Quanto ao lance do sexo... nunca pensei que fôssemos ter platéia.

Alguém consegue ter tempo para consultar os livros para pais? Acabei descobrindo que o único objetivo deles é torturar-me por minhas inadequações, e isso minha mãe sabe fazer. Agora tenho vários empregos: sou babá, governanta, chefe de cozinha, lavadeira. (Sim, por falar nisso, esta lavadeira aqui acabou seu romance com o ferro de passar.)

Tenho absoluta certeza de que a revista *Boa Forma* deveria contar como exercício as idas de um lado a outro da casa dançando a dança do "abaixadinho atrás do bebê".

Não sei, mas fiquei com a impressão de que todos esses meses de preparação são... bem, uma perda de tempo!

A REGRA: *Você nunca vai estar pronta para a vida D.C. (Depois das Crianças).*

Em vez de gastar todo o seu rico tempo e dinheiro na gravidez comprando, lendo e preparando coisas sobre ou para o bebê que jamais serão usadas, invista um pouco do seu tempo e dinheiro em você! Pode ser que você não possa voltar a ter esse luxo tão cedo.

AS REGRAS DA REBELDE:

1. Compre uma quinquilharia bem espalhafatosa para você mesma; todo mundo vai comprar uma para o bebê.
2. Marque hora com uma pedicure uma semana antes do parto. Pelo menos seus dedos do pé vão estar bonitinhos quando você puder voltar a vê-los!
3. Nunca compre roupas para recém-nascidos. Você vai ganhar muitas de presente, e o bebê já estará maior que elas cerca de uma semana *antes* de nascer.
4. Procure curtir os últimos dias de sua gravidez, por mais incômodos que sejam: é muito mais fácil cuidar do bebê, alimentá-lo e carregá-lo *dentro* do que *fora*.

Capítulo 10
É isso e pronto

O MITO: *Você tem controle sobre sua prole.*

Era uma vez um casal muito ingênuo que pensava que podia controlar o universo natural ou, pelo menos, a pequenina parte que ocupava dentro dele. Esse casal achava que tinha um certo grau de opção e controle, uma certa influência, no que se refere a sua prole biológica. Já que tudo mais em sua vida em comum havia sido relativamente fácil de controlar, esse casal imaginava que podia planejar e programar os filhos e sua criação — e que podia continuar tendo tudo como sempre quis: perfeito.

Evidentemente, o casal sabia por experiência própria que quando os filhos chegam à adolescência, as apostas fecham — ou seja, eles deixam de estar sujeitos a qualquer influência significativa. Mas acreditava piamente no conceito de "anos de formação", aquele breve período em que os pais têm controle total sobre os filhos e criam-nos conforme seus próprios ideais — sem televisão, sem açúcar, sem *fast food* e amando os clássicos da literatura, da música e da arte — antes de deixá-los partir para o mundo frio e cruel. Afinal, se você ensina bem a um filho e lhe incute bons hábitos, ele vai conservá-los, mesmo durante os anos de rebeldia da adolescência. Certo?

Evidentemente, antes do nascimento do bebê, o casal poderia predeterminar vários fatores por meio de exercícios e dieta pré-natal adequados, do tipo certo de parto e de aulas sobre a criação dos filhos. Eles saberiam o sexo do bebê. Escolheriam para ele o nome ideal e decorariam seu quarto com perfeição — o ambiente afeta tantas coisas, não é mesmo? Eles poderiam pré-programar *in utero* até mesmo preferências em termos de música e idioma com boas fitas e um bom par de fones de ouvido! Eles estariam prontos para lidar bem com todos os detalhes. Não haveria surpresas nem crises, já que essas coisas só acontecem a quem não está preparado.

Mesmo antes da concepção há muitos detalhes que podem ser cuidados. Esse casal jovem e ingênuo achava que poderia escolher o sexo do bebê. E decidiu que seu filho seria um menino. Os dois pesquisaram a questão e encontraram toda sorte de resultados "científicos", conselhos e "simpatias". E lançaram-se entusiasticamente à tarefa de conceber um menino — tudo dependia da temperatura, da programação, do momento e da posição. Na verdade, essa parte foi ótima!

A REALIDADE: *A vida é cheia de surpresas.*

Demorou um pouco mais que o previsto, mas por fim o casal conseguiu — o papelzinho do teste ficou azul! Mas isso só queria dizer que ela estava grávida; eles ainda teriam de esperar vários meses para saber o sexo do bebê.

Finalmente chegou o dia de fazer a ultra-sonografia, quando o médico enfim poderia dizer se um bebê do sexo masculino estava a caminho. Evidentemente, o mais importante era que o bebê fosse saudável. Mas eles sabiam que seria: estavam tendo tanto cuidado com o regime perfeito de dieta, exercício e repouso, em dia com todos os fundamentos da educação pré-natal, lendo até queimar as pestanas e reproduzindo fitas de música clássica e línguas estrangeiras com um par de bons fones de ouvido presos à barriga da mamãe.

O médico verificou todos os fatores-chave e todas as medidas importantes — o bebê era saudável e tudo estava certo. Mas havia um probleminha: ele estava dormindo todo enroscadinho, e não se podia saber se tinha pênis ou não. O médico falou então que teria de ser surpresa, mas eu disse: "Nem pensar!" (você já me conhece, não?), tinha de saber. Estava apavorada com a perspectiva de ter uma menina. Havia me convencido — e convencido meu marido — de que era uma "mãe de meninos". Não saberia como criar uma menina, o que fazer com uma menina: todos aqueles botões e lacinhos, vestidinhos com meias... Muito menos quando ela se tornasse adolescente e, depois, todo o pesadelo dos preparativos do casamento...

Em pânico, disse ao médico: "Ligue esse treco de novo imediatamente e 'futuque' esse bebê até achar o pênis!"

Infelizmente, esse pênis nunca foi achado — "ele" era "ela", e tivemos uma filha. Meu marido me levou para almoçar e eu caí em prantos. Todos os planos supercuidados e cronometrados, transar de quatro (essa supostamente era a posição para fazer meninos)... bem, na verdade, não é que essas coisas tenham sido perda de tempo... mas uma menina? O ultra-som não podia estar errado?

E o resto? O regime da gravidez, os anos de formação? Todo o controle e influência que deveríamos exercer sobre nossa prole? Foi um duro despertar para o casal jovem e ingênuo... o primeiro de muitos, na verdade. (Eles ficaram animados e felizes por ter uma menina linda e saudável... depois que o choque passou.)

A REGRA: É ISSO E PRONTO. NÃO ADIANTA ESPERNEAR.

Levamos cinco anos para ficar sabendo dessa regra tão fácil. Muito apropriadamente, foi nossa filha quem nos trouxe esse conceito simples e tranqüilizador, a sabedoria de anos de sala de aula de sua professora do jardim de infância. Para os perfeccionistas convalescentes, é o primeiro passo do programa, uma regra de ouro, principalmente a partir do momento em que resolvem ter filhos: é isso e pronto. Não adianta espernear.

AS REGRAS DA REBELDE:

1. Borde essa regra numa almofada, pinte-a na parede, escreva-a com batom num espelho: faça o que for preciso para mantê-la bem na sua frente.
2. Abra-se para as surpresas e aventuras da vida. Relaxe e goze, pois você tem pouco controle mesmo.
3. Supere isso de organizar-se e preparar-se — são coisas para quem não tem filhos!

Capítulo 11
Lugar de bebê é em casa

O MITO: *Os bebês são criaturinhas adoráveis; todo mundo gosta deles.*

Olhe quem chegou: Johnny! Que gracinha; adoro quando os bebês estão nessa fase! Olhe como ele já está querendo andar; caminha como um patinho para cima e para baixo, com essas perninhas gorduchas, batendo em todas as mesas. Ele é um amor, todos ficam loucos quando chego com ele. É o xodó da mamãe; não posso deixá-lo em casa. Não confio em babás, e quando o deixo com a vovó, ele chora tanto... Ela me disse que depois que eu saio, ele pára, mas eu não acredito.

O churrasco na casa de Vicki foi ótimo! Como ainda não têm filhos, ela e Brad gostam de ficar com o Johnny. Só eu levei meu filho — mas foi bom, ele estava tão divertido! Quase morri de rir quando ele jogou um monte de pedras na piscina e começou a chorar quando ninguém se prontificou a pegá-las. Brad foi muito legal: tentou pescá-las e com isso divertiu nosso pimpolho por uma hora. Aquele vaso antigo jamais deveria ter sido posto na mesa de vidro; poderia ter machucado o Johnny quando ele estava engatinhando por ali. Ainda bem que ele não se cortou quando o vaso quebrou!

Eles poderiam ter sido mais previdentes e comprado umas coisinhas para ele comer, mas acho que não me lembrei de avisar que ia levá-lo. Tudo bem, parece que ele gostou da torta de frutas vermelhas, embora tenha feito um pouquinho de bagunça. Sujou a camisa nova toda, mas foi fácil de resolver: tirei a roupa dele e o mergulhei na piscina, como se estivesse lavando a louça. Ele adorou — principalmente quando a água foi ficando toda vermelha! É uma pena que ele tenha comido toda a torta: os adultos tiveram de ficar sem sobremesa.

John pai tomou umas cervejas a mais (faz um tempo que não saímos); o pessoal vibrou quando ele cantou *The Streak*, de Ray Stevens, enquanto Johnny corria nu pelo quintal, arrancando a terra do jardim com um taco de golfe. Todo mundo se divertiu a valer. Bem, o pipi no deque talvez tenha passado um pouco da conta, mas tenho certeza que todos vão entender: ele é apenas um *bebê*!

Pena que ele não tenha dormido (não está acostumado com camas *king size*). Estou surpresa com o fato de que eles não tenham uma caminha de bebê para hóspedes. O pobrezinho teve de ficar acordado até depois da meia-noite. Toda vez que isso acontece, ele fica muito irritadiço no dia seguinte. Espero que da próxima vez eles estejam mais preparados!

A REALIDADE: *Os bebês são como filhotes de cachorro: uma gracinha por alguns minutos. Depois disso, todo mundo quer que você o tranque na casinha.*

Precisamos de novos amigos! Amigos sem filhos ou amigos que arrumem uma babá! Imagine o que é levar um bebê de dois anos para um jantar sem avisar! Aquilo foi o fim — tive tanto trabalho para fazer aquela festa. Três dias preparando o pato, e para quê: para servir pato *à la* queimada! Ainda não acredito que aquela criança comeu a torta de frutas vermelhas inteira e depois passou as mãozinhas no forro do sofá para limpá-las!

Chega de "Johnny isso, Johnny aquilo... Ele não é uma gracinha correndo pelado?" Estou cheia!

Não, ele não é uma gracinha fazendo pipi em minhas flores. Elas morreram, e eu vinha cuidando delas desde que plantei as sementes. O quintal parece o de uma casa depois de um terremoto.

"Ah, por favor, não acenda as velas; Johnny pode se queimar."

Bem, por que então não deixá-lo em casa para a segurança de todos? Será que eles nunca ouviram falar de ambiência? Deixar uma criança engatinhar de fraldas em volta da mesa é o cúmulo da falta de higiene! A cara-de-pau da Janet; deixar o filho brincar com o vaso da minha avó e depois me acusar de não ter uma "casa segura para bebês" quando ele o quebrou! Onde é que ela queria que o filho dormisse? Por que então não carrega uma cama? Ele precisava ir para cima do meu edredom e meus lençóis de seda, feitos sob encomenda, com um copinho de suco de uva? As manchas nunca vão sair. No fim das contas, a festa custou US$2 mil com toda a destruição!

A REGRA: *Só leve seu bebê para uma festa de adultos se ele for convidado também.*

Como mãe recente, você vai querer contar muitas experiências que mudaram sua vida a todo mundo, mas nem todo mundo vai querer compartilhar seu querido devorador de geléia com você! Divirta-se levando-o a locais apropriados, como festinhas com outros bebês, parques, *playgrounds* etc. — uma festa para adultos não é um deles.

AS REGRAS DA REBELDE:

1. Não foi a vovó quem criou você? Então deixe que ela tome conta de Johnny para que você e seu marido tenham uma trégua.
2. Faça do tempo com seu marido e seus amigos que não têm filhos uma coisa sagrada. É bom ficar umas horinhas longe do bebê.
3. Não perca sua identidade completamente — ninguém quer escutar uma mãe falar do filho a noite inteira e não é bom para sua cabeça cantar canções de ninar o dia todo, todo dia — saia dessa! Leia um jornal ou assista a um filme desaconselhável para menores.
4. Se convidarem seu filho também, não deixe de levar o essencial — brinquedos, comida, colchão. Todos ficarão mais à vontade.

Capítulo 12

As meninas são sempre uns doces?

O MITO: *O gênio bom e a meiguice das meninas.*

Quando pensamos em meninas, logo nos vêm à visão vestidinhos engomados, laços na cabeça, carinhas adoráveis e mãozinhas limpas. As meninas são muito mais dóceis, tranqüilas e comportadas que os meninos. São mais cheirosas. Encontram logo amiguinhas e criam amizades que duram a vida inteira. Você nunca precisa se preocupar quando elas estão brincando.

Os meninos geralmente são mais barulhentos, bagunceiros e indisciplinados. Quebram coisas. Mesmo quando estão brincando, são turbulentos. Quando não estão brincando, resolvem tudo no grito, com brigas, tapas e arranhões. Os animaizinhos se escondem, as crianças menores correm... os meninos são um perigo. E se dois meninos que estão brincando de repente ficarem calados, é melhor correr para ver o que eles estão "aprontando" antes que seja tarde.

As meninas gostam de coisas mais tranqüilas: trabalhos manuais, roupas, contos de fadas, brincar de casinha e faz-de-conta. São por natureza mais carinhosas e empáticas. Gostam de animais e bebês. Quando acontece alguma coisa — um vaso que se quebra, alguém que se machuca — é natural pressupor que foi um menino. Pressuposição de culpa pelo gênero.

Se isso é verdade, quem (quase) matou o coelho?

A REALIDADE: *As meninas de hoje são fantásticas — e danadas.*

Os meus filhos e os de Vicki são mais ou menos da mesma idade. É comum fazermos "intercâmbio de filhos" para separar irmãos quando eles começam a brigar sem parar — os meninos vão para uma casa, as meninas para a outra, e funciona muito bem. Um domingo desses, as meninas foram para a casa de Vicki, e os meninos ficaram aqui. No fim da tarde, cada um voltou para sua própria casa. Eu tive a alegria de contar que os meninos tinham sido ótimos — ficaram brincando lá fora quase o tempo todo, sem problemas. Vicki estava em êxtase com as meninas; haviam ficado tão comportadas, brincando no porão, na sala de jogos.

Minutos mais tarde, Vicki me ligou nervosíssima. Havia algo errado com Beauregard, o coelho deles, que leva uma vida relativamente "luxuosa" em seu cercado no porão. Ele não estava se mexendo, e havia pêlos espalhados por toda parte. Será que a cadela havia entrado lá? Não, Lucy havia ficado o dia todo lá em cima... O que é que as meninas haviam feito com o coelho?

Haleigh e Lillian são almas gêmeas, melhores amigas pelo resto da vida — garotas de apenas seis anos que podem passar horas e horas juntas sem se cansar. Para elas, que têm uma vontade de ferro, qualquer outra menina é dócil e obediente demais. Elas conseguem se dar relativamente bem provavelmente porque nenhuma das duas leva desaforo da outra para casa — e acho que, na verdade, uma nunca escuta o que a outra diz. Elas não param um minuto, às vezes brigam e se insultam, mas toda vez que eu entro para apartar e digo que está na hora de voltar para casa, elas berram em coro, horrorizadas: "*Não!*" Gostam tanto uma da outra que não suportam ficar separadas.

Porém aquela tarde, após um interrogatório conjunto pelas mães, elas se acusaram mutuamente dizendo ao mesmo tempo (como só as mulheres fazem): "A idéia foi dela — eu disse que não! Eu não fiz nada!"

Por fim, todos os terríveis detalhes vieram à tona e conseguimos alinhavar a patética série de torturas não intencionais a que aquelas meninas haviam submetido o pobre coelho em nome da "brincadeira": ele foi bebê; ele fez *skate* na mesa de *air hockey*; ele brincou de correio com elas e, já que era a "carta", foi empurrado algumas vezes para dentro da "caixa de correio" (pelo menos, a abertura da caixa que elas usaram era relativamente grande). Não era de estranhar então que o coelho não estivesse se mexendo — estava acabado, coitado. Só nos restava esperar que tivesse sido só isso.

Vicki passou a noite em claro com o pobre do Beauregard e o levou ao veterinário na manhã seguinte. Felizmente, o estrago não foi muito grande, mas ele ficou um dia em observação na clínica. Vicki e eu discutimos bastante sobre o castigo adequado e, no fim, resolvemos que as meninas iriam com ela à clínica para buscar Beauregard. Vicki ligou antes para pedir ao veterinário que falasse com elas sobre a questão dos maus-tratos aos animais, mesmo que não fosse de propósito. Esse papo teve um grande impacto sobre as duas e, embora eu concorde que agora elas estejam "melhores", principalmente com os bichinhos, não chegaria a dizer que "tudo" tenha mudado. Tenho certeza de que o coelho concordaria comigo.

A REGRA: *Sempre desconfie quando eles estiverem muito calados, sejam meninos ou meninas.*

Nos dias de hoje, a auto-estima, a autoconfiança, a auto-imagem positiva e a auto-aceitação levam nossas filhas a nem sempre serem "boazinhas". Apesar de ser difícil criar uma filha muito obstinada, temos de saber apreciar e incentivar essa força interior que a tornará uma mulher independente.

AS REGRAS DA REBELDE:

1. Cultive o hábito de conversar com sua filha e, principalmente, de escutá-la.
2. As meninas precisam se expor a amigos e atividades variadas para criar seus próprios interesses e sua identidade.

3. *Cuidado:* Procure conhecer os amigos da sua filha. Faça o que puder para evitar que ela entre em grupinhos que possam prejudicar sua auto-imagem.

4. Dê um bom exemplo: seja uma mulher forte, independente, singular — alguém como a *Mulher Maravilha!*

5. A rebelde recomenda: *Odd Girl Out: The Hidden Culture of Aggression in Girls [Quem é Diferente, Sobra: A Secreta Cultura da Agressividade Entre as Meninas],* de Rachel Simmons (Harcourt).

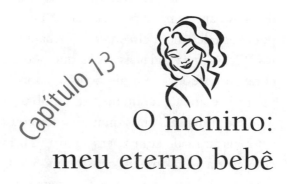

Capítulo 13
O menino: meu eterno bebê

O MITO: *Depois que ele lhe chama de "mãe", nunca mais você vai ser "mamãe" de novo.*

No que se refere aos estereótipos de gênero, houve uma mudança muito grande nos últimos trinta anos. Hoje já se encontra um menino nas aulas de balé e mais enfermeiros e professores do sexo masculino; inclusive alguns cabeleireiros e estilistas que não são *gays*. Mesmo assim, isso ainda é mais uma exceção que a aceitação progressiva do lado feminino dos homens.

Os homens e meninos tendem — e, na verdade, em geral são incentivados — ao modelo masculino de ação x palavras, agressividade x passividade, racional x emocional, carrinho x boneca — e independência. Um homem não chora. Não corre para a saia da mamãe. A menina é sua filha para sempre; o menino só é seu filho até o dia do casamento.

A REALIDADE: *"Mãe" na rua, "mamãe" em casa.*

Eu sabia que um dia meu filho deixaria de gostar de minhas "mamãezadas" e minhas demonstrações públicas de afeto. E me prometi que respeitaria sua necessidade de independência quando chegasse a hora.

Curti toda a agarração que pude enquanto ele era pequeno e ainda estava apaixonado pela mamãe. Nunca me importei de me levantar por causa dele no meio da noite só para ficarmos um pouquinho juntos. Ficava feliz todas as vezes que podia usar minha "mágica" para curar seus dodóis com um beijo. E adorava ver sua carinha se iluminar cada manhã quando me via, me abraçava e me enchia de beijos.

Ele tinha seis anos quando começou a me chamar de mãe, a ficar mais animado com a perspectiva de brincar com um amigo do que comigo e a virar o rosto, constrangido, quando eu lhe dava um beijo antes de ele entrar na escola. Não demorou muito e fui apresentada às regras:

> "Mã-ãe, não me abrace na frente de ninguém."
>
> "Mã-ãe, não! Não vou lhe dar a mão!"
>
> "Mã-ãe, não fale como um bebezinho! É Minha barriga." (Sem perceber, eu havia dito ao médico que a "barriguinha" dele estava doendo.)

É verdade: os meninos chegam à fase da independência e da separação antes de você estar preparada, mas a boa notícia é: todos os empurrões, todas as regras são só para uso externo! Por mais dois anos pelo menos, em casa ou quando estiverem só vocês dois, ele ainda vai se enroscar em você!

O filho "crescido" e independente que eu tenho de dia é o primeiro a se deitar no meu colo para ver TV ou pedir-me que lhe leia uma história à noite, antes de dormir. E faz questão de que eu o ponha na cama com beijo e abraço. Na verdade, ele até gosta de ver-me na escola e adora quando posso almoçar com ele e os amigos. Tenho o cuidado de não fazer nada que o deixe constrangido — eu sei as regras. E não fazemos gozação com ele por causa de "namoradas" desde o jardim de infância, quando aprendemos que a pirraça é um grande erro: ele não falou comigo uma semana inteira quando eu revelei seus segredos. Mas se você for legal, ele vai continuar conversando.

Um dos livros que agora mais me pede que leia para ele na hora de dormir (junto com as "masculinas" aventuras de Harry Potter e Artemis Fowl) é uma historinha sentimental que lhe deram de presente quando ele era recém-nascido: *Love You Forever* [*Vou Amar Você Para Sempre*], de Robert Munsch. Havia muito tempo que eu não lia essa história porque chorava todas as vezes. É sobre uma mãe e um filho que cresce; ela sempre o punha na cama e, depois que ele fica adulto, ela chega a entrar de noite na casa dele para dizer: "Vou amar você para sempre, por toda a vida. Enquanto eu viver, você será meu bebê." Eu nunca segurava o choro, mas também não podia jogar o livro fora, então ele acabou encontrando-o na estante. Ele *adora* esse livro e sempre me pede que o leia: "Leia aquele que te faz chorar, mãe". E eu sempre acabo aos prantos.

Um dos melhores momentos de cada dia é quando apago a luz e digo: "Boa noite, Zach. Eu te amo". Ele ainda responde: "Boa noite. Eu também te amo, mãe".

A REGRA: *Aproveite enquanto pode!*

Procure curtir ao máximo cada momento enquanto você ainda é "mamãe", tanto com seus filhos quanto com suas filhas. Você tem de respeitar a necessidade de separação e independência deles e, por fim, deixá-los ir, mas talvez ainda tenha mais tempo do que pensa. Em casa, pelo menos.

AS REGRAS DA REBELDE:

1. Siga as regras que são importantes para seu filho. Procure ser atenciosa.
2. Nunca afaste seu filho quando ele precisar de você. Ele vai falar se sentir que você está disposta a escutar.
3. Procure evitar pirraçar ou constranger seu filho, principalmente no que se refere às garotas e às demonstrações de afeto.
4. Lembre-se sempre: você é o primeiro amor da vida de seu filho, o padrão pelo qual todas as outras mulheres serão julgadas. Procure fazer justiça à sua futura nora!

Capítulo 14
A verdade sobre os brinquedos

O MITO: *Brinquedo nunca é demais.*

Antes de ter filhos, eu achava que os brinquedos eram uma coisa boa. Eu entrava na loja de brinquedos e ficava assanhada só em pensar que um dia poderia comprar aquela girafa para meus filhos — você sabe qual é, aquela de quase dois metros. Adorava passar os dedos pelo tapete de urso, ultramacio, e pisar no capacho do piano que toca música. Não achava que uma criança poderia ter brinquedos demais. Eu nunca achei que tinha! Mal podia esperar; quando tivesse filhos, compraria para eles todos os brinquedos com que sonhava quando era criança e muito mais.

Há brinquedos para qualquer coisa: ensinar as crianças a tocar, facilitar o sono, aguçar os sentidos e, o supra-sumo, brinquedos educativos. Há um alegre sapo verde que ensina as crianças a ler. E se ele não conseguir, você pode apelar para Barney, o dinossauro roxo. Ele interage com seu filho, cantando e dançando, e assim poupa esse trabalho a você. Há o globo falante que transforma as crianças em alunos-prodígio nas aulas de geografia. Se por acaso o sapo, o dinossauro e o globo falharem, você pode contar com a infindável variedade de jogos de computador para suprir qualquer deficiência. Com todos esses avanços, as crianças mal precisam ir à escola.

Meu filho fica doido quando vê o comercial de um novo brinquedo na TV. Sempre é o melhor, superando imediatamente o que um minuto antes era o máximo. O cachorro de pilha parece muito real: vem com tudo de bom de um cachorro de verdade, mas sem o pipi. Que maravilha para os pais — uma bagunça a menos! Os fabricantes de brinquedos estão sempre de olho nos pais, não só anunciando para os nossos anjinhos, mas também fazendo produtos que duram e são tão fáceis de usar — é só desembrulhar e pronto, felicidade imediata.

A REALIDADE: *Os brinquedos vão arruinar sua vida.*

Onde é que eu estava com a cabeça? Devia ser internada. Por que comprei tantos? Um jogo de bloquinhos não bastava; tinha de comprar mais dez brinquedos. Quem eu estava pensando que iria guardar todos eles? Onde é que eu vou enfiar essa girafa? Ocupa o quarto todo e eu sempre piso no piano justo quando eles acabaram de dormir...

E não sou só eu que mimo as crianças. Vovô e vovó também são culpados. Em vez de comprar só um brinquedo para eles no Natal, eles compram dez; dez brinquedos que se quebram assim que terminamos de montá-los. As crianças já não precisam esperar o aniversário ou o Natal — hoje elas ganham brinquedos e prêmios quase todo dia: para ir ao dentista, para cortar o cabelo e até para comer!

Compramos brinquedos educativos por culpa e medo. Você começa a pensar que se não tiver todos, seu filho vai acabar sendo um burro. Toda vez que minha filha quer brincar com o Barney, ele está precisando de pilhas e falando como se tivesse tomado martinis demais. O sapo que ensina a ler é ainda mais irritante do que o Barney, e o globo simplesmente é um horror. As letras dos estados são tão pequenas que não se podem ler e, além disso, toda vez que você toca um deles com a caneta mágica, a resposta está errada. Meu filho vai acabar confundindo todas as capitais! E os jogos de computador só fazem transformar as crianças em zumbis do vídeo.

Quanto àquele cachorro de pilha — aquele que parecia tão real na TV —, foi um fracasso: quando finalmente o desembalei, montei e coloquei as pilhas... ele desabou no chão. Meu filho ficou arrasado. Você sabia que se leva meia hora para tirar uma Barbie da embalagem? Ela é presa com parafusos minúsculos e tiras de plástico, e até o cabelo é costurado na caixa! Aparafusar uma Barbie é desumano, mesmo que ela seja uma boneca de plástico. Para conseguir libertá-la dessa "câmara de tortura", tive de fazer força demais e tudo que estava na caixa caiu no chão. Acabei perdendo um dos sapatinhos — e minha filha, tendo um chilique. Será que eles não podiam colar esses sapatos no pé da boneca de uma vez, já que fizeram de tudo com a pobrezinha?

A REGRA: *Administre os brinquedos de seus filhos logo no início.*

Estabeleça regras com os amigos e a família: não comprar mais de um, nada de pilhas, quem quiser dar um brinquedo já deve dá-lo montado e só nos aniversários e no Natal.

AS REGRAS DA REBELDE:
1. Para cada brinquedo novo que chega, um antigo sai.
2. Não deixe as crianças verem TV — os comerciais vão infernizar a vida de todos.
3. Esconda os encartes do jornal e jogue fora todos os catálogos de compras pelo correio.

Capítulo 15

Reflexões sobre os pais perfeitos

O MITO: *Com tudo o que sabemos, podemos criar superfilhos.*

Os pais são elogiados pelos sucessos e criticados pelos fracassos dos filhos. Afinal, um filho é o reflexo direto daquilo que os pais são. Tudo está nas mãos de papai e mamãe: a aparência, o asseio e os atos da criança, seu QI, sua escola, sua capacidade física. Alguma vez você já viu uma criança desmazelada? Qual é a primeira coisa que lhe vem à mente? Os pais, claro! Por que não lhe dão um banho? Por que está com a camisa tão suja? Tudo cabe aos pais e à criação que dão; a criança não tem culpa de nada.

Em teoria, se você se esforçar como mãe, verá os resultados positivos em seu filho. Pense só: aulas de reforço, professores particulares, material audiovisual, *software* e livros de todos os tipos. Você pode ensiná-lo a ler aos dois anos, a falar outra língua aos três, a capitanear o time de beisebol aos quatro e mandá-lo a um jardim de infância renomado aos cinco — a menos que o geniozinho pule a pré-escola e vá direto para o primeiro grau.

Você pode ter a certeza de que todo esse esforço será recompensado no futuro. Quando ele não estiver jogando beisebol na liga principal, estará freqüentando uma das universidades mais prestigiosas do país (com uma bolsa, claro), o que lhe garantirá o sucesso financeiro que, por sua vez, lhe trará a esposa perfeita, dois filhos perfeitos e uma vida perfeitamente feliz — o que será um reflexo perfeito de seu trabalho como mãe.

A REALIDADE: *Você faz o que pode.*

"Primeiro *strike*... Segundo... *Terceiro — expulso!*"

"Nossa, expulso de novo! Como é que ele consegue isso? Nunca fui expulso nos jogos da escola. Jogava beisebol muito bem. Ele é o único da turma que é expulso."

"Mas ele está se divertindo, não está?"

"É, mas eu fico constrangido!"

Ora, não é que meu filho resolve usar a camiseta vermelha de bolinhas (bolinhas exclusivas, criadas por mim e pela água sanitária...) três números menor que o dele justamente quando minha mãe aparece? A olhada que ela dá a ele... e a mim...

"Clayton não está precisando de roupas? Talvez um corte de cabelo também."

Minha tia está convencida de que eu não penteei o cabelo de minha filha durante os quatro primeiros anos da vida dela. Eu tentei, juro que tentei. Toda manhã era uma gritaria enquanto eu derramava um frasco de creme para desembaraçar na cabeça dela e escovava o cabelo direitinho. Uma hora depois, já estava de novo um ninho de ratos. Desisti. E joguei fora o creme para desembaraçar, e simplesmente aprendi a conviver com o fato.

Para não repetir a história — quando tinha seis anos, tive de sair do coro da igreja por cantar alto e desafinado demais —, matriculei minha filha em lições de canto. A única lição aprendida foi que a voz não era um dos dotes das mulheres da minha família. Pedi reembolso.

Às vezes, esqueço que não devo falar palavrões na frente das crianças. Para mim, é um hábito difícil de deixar. Quando Clayton voltou com um bilhete da professora de francês dizendo que ele havia dito um palavrão, sabia que meu marido ia me acusar. Na ocasião em que essa palavra me escapou, eu disse ao meu filho que era uma palavra francesa e que só quem tinha mais de 18 anos podia falar.

Somos julgados pelos atos e comportamentos dos nossos filhos. Isso nem sempre é justo — alguns desses atos são genéticos, e eu prefiro culpar a família do meu marido por eles!

Quando perguntei ao meu marido com que idade ele havia começado a jogar beisebol na escola, ele disse nove. Provavelmente por isso é que era tão melhor que o filho, que só tem sete.

Antes de ter filhos, eu costumava dizer: "Veja que criança ótima; deve ter bons pais!" Não vou tocar na questão do inato x adquirido; isso tem mais a ver com a questão do "É isso e pronto" (veja o Capítulo 10). Você pode dar-lhes as ferramentas, só que eles precisam querer usá-las. Mas, quem sabe... dizem que filho de peixe, peixinho é.

A REGRA: *Você só pode fazer o que pode fazer.*

Esqueça suas opiniões e expectativas (e as de todo mundo). Assuma responsabilidade pelas coisas sobre as quais você tem algum controle enquanto pode, antes que eles façam seis anos e comecem a contestar tudo o que você diz. Nossos filhos têm sua própria cabeça e idéias próprias a respeito de tudo — um dia, antes de você estar pronta, eles vão começar a tomar as próprias decisões. Portanto, é melhor dar a eles alguma experiência em tomar decisões e assumir a responsabilidade.

AS REGRAS DA REBELDE:

1. "Ele tem três anos" (e ponto).
2. "Ela se vestiu sozinha hoje."
3. "Foi o pai quem preparou o lanche dele hoje." (*Observação:* Culpe o pai — ele sempre é um bom bode expiatório.)
4. "Eu estava viajando..."
5. "Não sei onde ele escutou essa palavra — só pode ter sido na casa do vizinho."

PARTE TRÊS

A família perfeita

Capítulo 16
Como gato e cachorro

O MITO: *Criados no mesmo ambiente familiar, os irmãos criam um vínculo natural.*

O que determina mais como será uma criança, a genética ou o ambiente?

Infelizmente, essa resposta eu não tenho. Mas, aparentemente, é lógico presumir que os filhos dos mesmos pais, criados no mesmo lar, tenham muito em comum. Afinal, quando você sempre faz a mesma receita de biscoitos, assando-os no mesmo forno, deve obter sempre os mesmos resultados, não?

E se isso é verdade, os filhos dos mesmos pais devem ser parecidos em alguns aspectos. Devem agir de forma parecida e ter visões de mundo semelhantes. Evidentemente, não se trata de esperar que sejam gêmeos nem clones, mas sim que sejam mais parecidos entre si que com a família do vizinho.

Se todos os demais fatores permanecerem constantes, a experiência com o primeiro filho deverá prepará-la para o segundo. E o terceiro deverá representar um percurso ainda mais fácil, pois o terreno já será conhecido.

A REALIDADE: *Diferenças grandes, como entre gatos e cachorros, dia e noite.*

Já ouvi dizer que o primeiro filho geralmente "puxa" ao pai e o segundo, à mãe. Lá em casa, isso se confirmou. Infelizmente, nunca ouvi falar com quem se parece o terceiro filho. Meu marido sempre quer jogar a culpa de tudo no carteiro, só que o nosso é uma carteira: Betty, uma negra forte, e os resultados seriam mais óbvios!

Meu marido e eu sempre fomos os opostos que se atraem, e talvez isso seja a explicação para termos tido três filhos tão diferentes: em personalidade, em temperamento e até em características físicas.

Deixando de lado as diferenças óbvias entre meninos e meninas, parece que acabamos ficando com gatos e cachorros em casa. De onde essas crianças saíram?!

O nosso filho mais velho é igualzinho ao pai: alto e esguio, relaxado e lógico — ele adora descobrir como as coisas funcionam. Foi um bebê tranqüilo, sempre alegre, saudável, bem-humorado e muito sociável. Ele detesta ficar sozinho. Nos fins de semana, vai aonde quer que seja só para não ficar em casa. É uma criança muito responsável e sabe ganhar dinheiro. Os vizinhos o adoram e confiam seus animais de estimação a ele quando viajam. E gostam de convidá-lo para brincar com os filhos mais novos porque acham que ele é um excelente exemplo.

Não esperávamos que o segundo bebê da família, nossa única filha, fosse tão diferente. Ela é a cara da mãe: o cabelo, os olhos, o nariz são iguais. Além disso, não é alta nem esguia: embora não seja gorducha, sua compleição é maciça, igualzinha à minha. Ela é o oposto do irmão em quase tudo: é emocional, criativa, teimosa, temperamental e dada a poucas amizades. Gosta de ficar em casa, brincando e desenhando sozinha. Quando ela convida algum amiguinho para vir aqui, sempre acabo ouvindo: "Haleigh não quer brincar comigo... Brinca comigo, Sra. Caldwell?" Ela não se motiva com dinheiro e prefere explorar as possibilidades científicas trazidas pelos animais e pelas crianças menores — por exemplo: será que o coelho cabe nesta caixa? Será que o bebê gosta de laranjada? — a cuidar deles. Até agora, sua cotação como babá, seja de crianças ou de bichos, é baixíssima — e provavelmente será assim sempre.

E, por fim, nosso terceiro bebê, o "festeiro". Ainda é cedo para chegar a conclusões definitivas sobre este, mas com certeza também será ele mesmo — se hoje já não cai na conversa dos irmãos mais velhos! Ele é afetivo, mas — ao contrário do irmão — gosta de brincar sozinho. Com um irmão e uma irmã mais velhos, ele adora quando pode fazer o que quer e como quer, sem interferências. Se Zach fica emburrado e Haleigh dá ataques de fazer a casa vir abaixo, Tiger reage às brigas e decepções de uma maneira muito diferente: se deita no chão e finge que está morto (com os olhos fechados e a língua de fora). Sem dramas, sem chorar, gritar ou espernear — simplesmente se deitando no chão. É o jeito dele.

A REGRA: *Celebre as diferenças de personalidade.*

Saiba apreciar e estimular os pontos fortes e os talentos de seus filhos. Veja-os como indivíduos. Resista à tentação de compará-los.

AS REGRAS DA REBELDE:

1. Nos lugares em que há aglomeração de pessoas (como Disneyworld), vistam camisas de cores fluorescentes idênticas para poderem se reconhecer a distância e mostrar aos outros que vocês formam um grupo.
2. "Os amigos vêm e vão, mas vocês sempre vão ter uns aos outros — então aprendam a se dar bem." Decore até poder gritar isso de memória.
3. Ponha a culpa de tudo no carteiro!
4. A rebelde recomenda: *Loving Each One Best: A Caring and Practical Approach to Raising Siblings* [*Quando Todos são Prediletos: Um Guia Prático Para Criar Seus Filhos Com Carinho*], de Nancy Samalin e Catherine Whitney (Bantam Books).

Capítulo 17
Uma guerra civil em casa

O MITO: *Quando o mundo lá fora for frio e cruel, eles sempre poderão contar uns com os outros.*

A família perfeita: dois filhos, um menino e uma menina, claro. A diferença de idade ideal entre os bebês nunca foi determinada, mas não seria bom se eles tivessem só um ou dois anos de diferença? O bastante para serem os melhores amigos, brincarem juntos e fazer companhia um para o outro. Eles estarão juntos na escola, conhecerão as mesmas crianças e defenderão um ao outro.

Eu não tive muita experiência com irmãos ao crescer. Já que meus sete meio-irmãos tinham no mínimo oito anos a mais que eu e meus pais se divorciaram quando eu era muito pequena, cresci praticamente como filha única. Meus "irmãos" eram os das séries da TV: *The Brady Bunch, Leave it to Beaver* e *Família Dó-Ré-Mi.* Todos se amavam, se ajudavam e resolviam todos os problemas até o fim da meia hora que durava o episódio, com sorrisos patetas e um abraço grupal.

Eu achava que meus filhos seriam assim também — quanto mais, mais alegria. Claro que todas as crianças brigam por besteiras. As pessoas que vivem muito juntas e têm que compartilhar espaço e recursos — banheiro, privilégios na cozinha — acabam brigando de vez em quando. Meu marido e eu até hoje brigamos para ver quem entra no banheiro primeiro — e por quanto tempo se pode ficar lá dentro.

Eu esperava desavenças bobas, pirraças e gozações bem-humoradas e até mesmo discussões mais sérias e longas de vez em quando. Às vezes se grita, se bate uma porta — essas coisas acontecem. Contanto que eles pudessem se abraçar e fazer as pazes, pedir desculpas e esquecer tudo antes do fim do dia. No fundo, eles amariam e respeitariam uns aos outros: se sentiriam unidos pelo sangue, mesmo que fosse contra o mundo.

A REALIDADE: *Eles brigam o tempo todo, por qualquer coisa.*

"Ela veio pro meu lado!"

"Eu peguei isto primeiro!"

"Ah, eu ia brincar com isso..."

"É *meu*!"

"Não é *justo*!"

"Mãeeeee!"

Temos três filhos maravilhosos: um menino, uma menina e um menino, com diferenças de idade perfeitas de dois e três anos. Defender e proteger uns aos outros? Não. No primeiro dia em que minha filha foi ao jardim de infância, eu não queria deixá-la voltar para casa de ônibus, com medo de que o irmão mais velho, escoladíssimo e já na segunda série, a fizesse descer em algum lugar longe de casa. Não precisava haver-me preocupado — ele simplesmente se recusa a reconhecer a irmã na escola e se "delataria" se a ajudasse a entrar ou sair de um ônibus, fosse no lugar certo ou errado. O tempo todo me perguntam: "Mas Zach tem uma irmã?!"

Eles brigam pela cor do céu, pelo lugar no carro, para ver quem escolhe... qualquer coisa, seja o jantar, o programa da TV, o jogo que vamos jogar, a pizza que vamos pedir. A competição que eles mais apreciam é ver quem fala mais alto e por mais tempo para chamar a atenção da mãe:

"Mãe, adivinha o que aconteceu hoje... e aí... e aí... e aí... bla-bla-bla..." Em pouco tempo, a coisa deixa de fazer sentido, seja lá o que for que ele esteja contando — a única coisa que ele quer é continuar falando o mais rápido que pode, sem parar, cada vez mais alto, enquanto a irmã choraminga por trás: "Mamãe! Mamãe! Mamãe!..."

Eles se provocam, se humilham uns aos outros. Suas desavenças e brigas são verbais e físicas, mas é claro que ele não quer derrubá-la quando põe o pé na frente dela toda vez que ela passa. Ela revida mordendo ou arranhando o irmão. Nosso dia é uma maratona de 24 horas em que os concorrentes são o Manipulador, a Rainha do Drama e o Refém (o caçula). Com três filhos, atingi meu limite.

Unidos pelo sangue? Não acredito mais nisso desde que achei um desses papeizinhos adesivos no carrinho de bebê: irmão vende irmã mais nova por 50 centavos, carrinho incluído.

Meu marido me garante que eles são normalíssimos — exatamente como o irmão e ele quando garotos. E agora os dois são os melhores amigos. Eu digo: "Que ótimo para vocês! Mas como foi que sua mãe sobreviveu?"

A REGRA: *Não se perca na confusão que eles criam.*

As relações entre irmãos são o primeiro campo para a aprendizagem da negociação e da concessão. Você não precisa saber todos os fatos e argumentos nem tomar partido — seja coerente, justa e imparcial. Incentive-os a resolver os problemas, mas quando a coisa esquentar — divida e vença.

AS REGRAS DA REBELDE:

1. Nada de armas, inclusive de brinquedo — eles são criativos o bastante para inventar as próprias, de qualquer forma.
2. Use o sistema de dias pares ou ímpares ou determine dias da semana: Zach escolhe (seja lá o que for) nos dias ímpares e Haleigh, nos dias pares. Felizmente, Tiger ainda não se incomoda, portanto a coisa tem funcionado conosco.
3. Se eles não conseguirem se dar bem, não poderão brincar com os amigos — você já tem bastante o que fazer sem MDOs (Monstrinhos dos Outros).

4. Quando realmente estiver com disposição, tranque-os num quarto e obrigue-os a brincar juntos para aprenderem a compartilhar, esperar a própria vez, ganhar e perder com espírito esportivo.

5. A rebelde recomenda: *Siblings Without Rivalry: How to Help Your Children to Live Together So You Can Live Too* [*Irmãos sem Rivalidades: Como Ajudar seus Filhos a Viverem Juntos (Para Que Você Possa Viver Também)*], de Adele Faber e Elaine Mazlish (Avon).

Capítulo 18
Cozinheira de última hora

O MITO: *Quem decide o que meus filhos comem sou eu.*

Muito antes de ter filhos, uma noite em que chovia torrencialmente vi uma vizinha na varanda da casa grelhar um cachorro-quente para sua princesinha, que então tinha apenas quatro anos. Não havia mais nada na grelha: ela havia preparado um jantar totalmente diferente, e o anjinho se recusara a comê-lo. Daí o cachorro-quente improvisado. Debaixo de chuva.

Vi tudo aquilo e sempre a ouvia falar do drama que era cada jantar. Via as porcarias que ela acabava tendo que comer com a filha todo dia no almoço e jurei para mim mesma: "Jamais vou ser cozinheira de última hora!"

E, naturalmente, fui adiante: "Meus filhos vão comer, com um sorriso nos lábios e gratidão no coração, as refeições maravilhosas que eu lhes prepararei com todo carinho. Vão exclamar 'Hmm!' e 'Delícia!', dizer 'Por favor' e 'Obrigado' e pedir as coisas com a maior educação: 'Posso comer mais um pouco disto, mãe?'"

Antevia a alegria deles diante de pratos equilibrados, com pouca gordura, sem açúcar, com frutas, verduras e legumes frescos, jamais congelados, jamais *fast-food*... O prazer de degustá-los com bons modos e entre conversas animadas...

A REALIDADE: *Você tem muito menos controle sobre isso do que pensa.*

Lá em casa, comemos em dois turnos: primeiro as crianças e depois nós, geralmente depois que eles já foram para a cama. Você já tentou fazer uma "refeição familiar" com três filhos à mesa? "Hmm, delícia, por favor e obrigado"? Nada disso. Mais provavelmente você vai ouvir "Credo!" e coisas semelhantes, além de uma batalha incessante e exaustiva por atenção, para ver quem consegue falar mais alto e mais tempo e fazer mais bagunça. Os anjinhos são uns horrores!

Para preparar as refeições, uso as quatro bocas do fogão, dois fornos convencionais e um microondas, comida congelada e muitas vezes também comprada em *drive-thrus* ou *deliveries*. Aproveito ao máximo todos os recursos, principalmente se eles me pouparem tempo.

E depois tem a questão do cardápio. Temos o "Enjoado", que não come nada misturado, com molho ou que precise usar as mãos. Ele gosta de vegetais crus: cenoura, pepino em rodelas e até pimentão verde — separados. Depois de *nuggets* de frango com batata frita (e um brinquedinho!), o que ele mais gosta é de "pizza" feita em casa: pão sírio com mozarela, sem molho nenhum; para minha surpresa, salsicha picante "pode". Nossa filha, graças a Deus, come de tudo — e tudo. Contanto que tenha algum molho, principalmente *ketchup*. E o caçula... bom, ele quase sempre come o dia todo e como costuma "beliscar" queijo e verduras enquanto eu preparo a comida, na hora do turno das crianças ele já está de barriga cheia. Mas come tudo que tiver *ketchup* em cima, não importa a hora — benditos sejam os alimentos do grupo do tomate processado com sódio!

A REGRA: *Faça concessões pelo bem da paz e da praticidade.*

Nunca diga "nunca", principalmente em voz alta. Seja seletiva nas brigas com as crianças e facilite a vida de todo mundo: eles jamais vão gostar de criações culinárias elaboradas mesmo, então opte por coisas simples e saudáveis e deixe que eles escolham — duas opções no máximo — e cozinhe de última hora!

AS REGRAS DA REBELDE:

1. Coloque o telefone da entrega de pizza mais próxima na memória do seu telefone. Melhor ainda, escreva o número com tinta indelével e cole na parte de dentro de uma gaveta da cozinha (ótimo lugar para guardar também os cupons!).

2. Ponha queijo ralado no ralo grosso. Em cima de qualquer coisa. Não há como errar com queijo ralado.

3. Não se deixe seduzir pelos coloridos loucos (*ketchup* verde, manteiga azul) — simplesmente *não vale a pena*! (São asquerosos e mancham tudo.)

4. Ensine seus filhos a fazerem boas opções. Adote um regime de pouco açúcar desde o início (o açúcar realmente faz as crianças "pirarem" — evite-o!), mas não o transforme em religião ou obsessão.

Capítulo 19

A psicologia do dinheiro

O MITO: *Meus filhos vão dar valor a tudo que tiverem.*

Quando eu era criança, sabia o valor do dinheiro. Sabia que minha mãe, divorciada e criando três filhos sozinha, dava um duro danado para ganhar dinheiro. Não tínhamos muito, mas tínhamos o que precisávamos. Sabíamos disso e nos sentíamos gratos. Até ganhávamos uns presentinhos extras de vez em quando — mas só de vez em quando. Eu me sentia grata, feliz com o que tinha e não esperava nem pedia mais. Sabia que minha mãe se sentia mal quando eu queria uma coisa que não podíamos comprar.

Meus filhos, por sua vez, gozam de relativa afluência num lar muito bom, com pais que têm uma renda e um estilo de vida muito confortável. Quando me tornei mãe, não pensava muito na relação das crianças com o dinheiro nem em educação financeira. Esperava que meus filhos também compreendessem e respeitassem o valor do dinheiro. É bem verdade que infelizmente esse valor diminuiu muito; antigamente com um dólar comprávamos um lanche com bebida e uma revistinha em quadrinhos e ainda tínhamos troco.

A REALIDADE: *As crianças não têm a menor idéia de onde o dinheiro vem e não estão "nem aí".*

Um dia, enquanto fazia as compras no mercado, minha doçura de filha, na época com uns quatro anos, teimou que queria comprar uma bobagem supérflua. Em vez de simplesmente dizer "não", eu disse: "Mamãe não tem dinheiro para comprar isso hoje" (estávamos na era de "usar as palavras", explicar e racionalizar *ad nauseum* tudo para os filhos).

"Então por que não usa seu cartão de crédito?"

"Amor, mesmo quando usamos o cartão de crédito ou de débito, temos de pagar."

"Você não pode pegar dinheiro na parede?"

"Como é que é?"

"Na máquina."

"A máquina não dá dinheiro toda vez que a gente quer."

"Dá sim." (Evidentemente, o professor de educação financeira dela havia sido o pai.)

"Querida, você sabe que temos de colocar dinheiro no banco pra poder usar o cartão ou tirar dinheiro da máquina. Precisamos trabalhar muito pra ganhar esse dinheiro."

De repente, cheguei à alarmante conclusão de que hoje em dia as crianças raramente vêem essa parte da transação. Na era das transações sem dinheiro à vista e depósitos automáticos, elas nunca vêem o dinheiro entrar! E fui adiante em minha equivocada tentativa de explicar teoria econômica básica a uma menina de quatro anos na fila da caixa do mercado. Um erro imperdoável.

Rapidinho ela regrediu a métodos mais primitivos, gritando a plenos pulmões, pulando até cair no chão e esperneando para conseguir a besteira que queria. Mas eu já conheço essa tática. Por mais constrangedor que seja, recuso-me a ceder e fico "primitiva" também — com toda a calma possível. Ela já não está prestando atenção a nada do que eu estou dizendo, mas pelo bem da caixa e das pessoas que estão na fila, digo entre dentes com voz de mãe má: *"Não porque não!"*

Carrego-a para fora do mercado, chorando e esperneando (ela), sorrindo aquele sorriso de "criança não tem jeito" (eu) e dizendo ao empacotador: "Por favor, me ajude a levar as compras até o carro? Obrigada!"

A filosofia e a teoria econômica vão ter de esperar outra hora, mais calma e racional.

A REGRA: *Diga simplesmente: "Não!"*

O fato de você poder comprar não quer dizer que você deva comprar. Quanto mais você dá, mais eles esperam. Todo o valor que tem o brinquedo — ou seja o que for que eles resolvam querer impulsivamente — acaba assim que eles o tiram da embalagem. Quanto mais longe você deixar as coisas irem, mais difícil será voltar, portanto diga simplesmente: "Não!"

AS REGRAS DA REBELDE:

1. Crie um quadro de tarefas e faça-os trabalhar para ganharem as coisas que quiserem.
2. Faça-os "pagarem" à mamãe quando tiver de fazer alguma tarefa que era deles!
3. Use o "Banco da Mamãe" para creditar e debitar as contas deles. Mantenha um registro de todas as "transações".
4. Não lhes dê dinheiro vivo — eles vão perdê-lo e você vai encontrar dinheiro espalhado pela casa, no saco do aspirador e nos bolsos das roupas sujas. (Guarde tudo que encontrar!)
5. Use brinquedos para ensinar: dê-lhes uma caixa registradora e dinheiro de mentira; ajude-os a "abrir" uma lojinha ou restaurante para que possam aprender o que é o dinheiro e ganhar prática em usá-lo.

Capítulo 20

Tempo demais juntos

O MITO: *Será maravilhoso poder passar as férias e mais tempo com as crianças.*

Agora que os meninos estão na escola, eu sinto falta deles! E me pego desejando que cheguem as férias. Viveremos aventuras todos os dias e faremos passeios culturais a todos os lugares que não temos tempo de visitar durante o ano letivo: o parque, o zoológico, museus; talvez até uma viagem a Disneyworld.

Às vezes fico preocupada — mas só um pouquinho — com todo esse tempo juntos. Mas sei que podemos — todo mundo pode! Todo mundo sempre fala como é bom e divertido passar as férias com os filhos *maravilhosos* que tem. É o caso de minha amiga Mary, por exemplo. Ela me disse que toda semana leva as crianças e seus amiguinhos a um museu. Prepara um lanche, leva-os e até passa na livraria para comprar livros sobre as exposições. Eles estão fazendo um diário para registrar seu enriquecimento cultural. Segundo ela, são todos "uns anjinhos" que têm uma enorme sede de conhecimento.

E esses comerciais da Disney... não são um sonho para todo mundo? Fico com o coração alegre só de ver filhos, pais e até avós andando de mãos dadas, curtindo todas as atrações: brinquedos e hotéis de contos de fadas, fotos e lanches com Mickey e seus amigos do gibi. Não escondo que adoro montanhas-russas e desejo ardentemente que um de meus filhos goste do "friozinho na barriga" tanto quanto eu.

As férias serão ótimas e vão passar rápido. Vamos curtir tanto todo esse tempo "extra" juntos que vou acabar desejando que as férias durem o ano todo!

A REALIDADE: *As pessoas superestimam isso de passar muito tempo em família.*

"Que chato! Não tem nada pra fazer..." É só o segundo dia das férias escolares e os ombros deles já estão caídos. Resolvo "encarar" uma ida ao novo museu infantil no centro da cidade. Finalmente estamos prontos, é meio-dia, mas as palavras "Estou com fome!", ditas pela décima vez, nos atrasam um pouco mais. A cozinheira de última hora joga mais um pouco de flocos de arroz numa cumbuca e saímos para adquirir um pouco de cultura. Passo a saída da interestadual e tenho de suportar os comentários do meu filho:

"Mamãe, você se perdeu de novo?"

"Não, Clayton, não me perdi. Só quero fazer um caminho diferente."

"Papai disse que você sempre se perde."

"Papai não está aqui hoje, né? Ele não precisa saber!"

Quando finalmente chegamos, o estacionamento do museu está fechado e o mais próximo está a três quarteirões. É um estacionamento antigo e um verdadeiro pesadelo para quem está dirigindo um SUV. Tive de descer três andares de ré para deixar passar um carro que saía — algo preocupante, tendo em vista que eu já tenho algumas caixas de correio derrubadas no currículo. Vamos para o museu, e eu gasto US$45 para deixar as crianças brincarem até ficarem de saco cheio. Meia hora depois, fomos embora — foi o que durou a sede de conhecimento deles.

Resolvo enfrentar o parque. Lillian pega uma reta direto para o balanço e pula quando está no alto, sem se preocupar com o apoio na queda. Ou seja, cinco minutos depois, voltamos para casa. Para mim era o suficiente em termos de cultura e aventura pelas férias inteiras e eram só 2 da tarde! Resolvo então concentrar-me em nossa viagem a Disneyworld e no quanto todos vamos nos divertir por lá.

Passo oito horas colocando a bagagem no carro. Finalmente, às 9 conseguimos sair (havíamos planejado sair às 5). Quando me viro para ajudar Lillian, que está com vontade de vomitar (não tem problema, eu trouxe sacos... ai, não, o saco está furado e eu me melo toda), escuto música de Natal. "O que é isso?" É uma arvorezinha de Natal da Barbie que Lillian enfiou sem que eu visse no carro; não pode ir a Disneyworld em julho sem uma árvore de Natal! As oito horas de viagem se transformam em 13 ao som de "Santa Claus Is Coming to Town". Finalmente chegamos ao nosso paraíso em Disneyworld. O quarto parece bem menor que na foto; de fato, aconchego é o que não nos vai faltar em uma cama só. Ligo para marcar o jantar com Mickey — a lista de espera é de seis meses! Em vez disso, pedimos jantar no quarto: hambúrgueres frios e sem graça. E vamos dormir escutando o barulho de um ar-condicionado fedorento.

No dia seguinte, saímos para conhecer o Magic Kingdom [Reino Mágico]. Lillian está meio letárgica e, quando chegamos ao portão principal (distante 45 minutos do hotel), ela desmaia. Pagamos US$250 para entrar, ela vomita e desmaia novamente. Clayton quer dar uma volta em um dos carros de corrida (ninguém quer ir à montanha-russa), e a espera na fila é de três horas. Na verdade, a espera é de três horas para qualquer das atrações. Que fazemos? Esperamos três horas para ter direito a três minutos de diversão e resolvemos enfrentar a multidão para conseguir comer alguma coisa. Levamos uma hora para encontrar um cachorro-quente, mando Clayton procurar uma mesa e finalmente nos sentamos. Quando começamos a comer os cachorros-frios e as batatas gordurosas, Lillian acorda de sua letargia e deixa cair todos os biscoitos que tinha na mão em cima do vovô que estava sentado na mesa ao meu lado. Felizmente, ele tem oito netos, já passou por isso antes e não reage com grosseria. Pago o sanduíche dele. Clayton se cansa de esperar e quer ir embora, mas eu faço questão de tirar pelo menos uma foto com o rato famoso. Damos voltas e mais voltas e não vemos nem sinal dele. Nada de fotos com Mickey, nada de montanha-russa — nada de nada. Hora de voltar!

No dia seguinte, Brad e Clayton ficam na piscina, onde o nível de decibéis é igual ao de um *show* do AC/DC (ao contrário do que diz o anúncio, ali não há nada de tranqüilo e sossegado), e eu fico no quarto vendo Lillian dormir. Em casa ela nem sequer cochila, quanto mais dormir dois dias seguidos!

Hora de nos enfiarmos de novo no carro, com a árvore de Natal da Barbie piscando e tocando música, e voltarmos para casa. Assim que chegamos, Lillian acorda.

"Cadê o Mickey?"

"Já estamos em casa."

Ela começa a chorar. "Você prometeu que a gente ia ver o Mickey!"

A REGRA: *Simplifique as coisas.*

O que importa não é a quantidade, mas a qualidade do tempo que passamos juntos. Isso quer dizer que todos devem se divertir, inclusive papai e mamãe!

AS REGRAS DA REBELDE:

1. Quando você fizer viagens longas com seus filhos, tire fotos *de verdade* — dos gritos, dos choros, das brigas, dos vômitos, dos sonos — para lembrar como as coisas *realmente* foram.
2. Opção mais barata e fácil que Disneyworld: o parquinho do McDonald's. Brincar e comer por menos de US$10, incluindo *souvenir* de plástico!
3. As colônias de férias — inclusive as que duram o dia todo — são uma coisa maravilhosa.
4. A tequila ajuda a melhorar um pouco as coisas.

Capítulo 21

O Natal e outras datas festivas

O MITO: *O Natal é como aquela versão tradicional das ilustrações de Norman Rockwell.*[1]

Quando eu era criança, adorava os preparativos para as festas de fim de ano. No Natal, ajudava minha mãe a embrulhar os presentes e montar a árvore. Fazíamos biscoitos juntas, e eu lia e relia o catálogo de lojas de conveniência para escolher meu presente. Era simples e gostoso.

Eu imaginava que com a minha família seria o mesmo. Toda noite assistiríamos um especial de Natal tomando gemada. Cantaríamos canções natalinas e promoveríamos a alegria e o espírito do Natal, criando lembranças que meus filhos guardariam com carinho para sempre. Como a boa Martha Stewart recomenda, eu prepararia um monte de comida em casa e mandaria uma carta natalina para manter todos os meus amigos informados sobre nossos queridos filhos e nossas viagens.

---

[1] Foi o primeiro pintor e ilustrador norte-americano (1894-1978), que ilustrou de forma tão soberba o "sonho americano", a realidade do "American way of life". Nos Estados Unidos, Norman Rockwell é quase uma referência direta à história da América ao longo do século XX. Através de guerras, depressões, a exploração do espaço e os grandes feitos norte-americanos, Rockwell desenhou assuntos do cotidiano, dando um caráter histórico ao seu trabalho, mas nunca esquecendo a descrição de pessoas comuns em situações absolutamente banais, com uma exatidão espetacular. Uma das características mais marcantes do desenho e ilustrações de Norman Rockwell era a meticulosidade, a exatidão dos traços e cores.

A REALIDADE: *A época do Natal é um caos total.*

Tenho 365 dias para planejar o grande evento, mas — não sei como — ele sempre me pega de surpresa como se fosse cinco quilos extras. Mal chega o Halloween e já estou cansada do Natal — começo a mexer em coisas natalinas em julho! A cada dia 1º do ano, tomo uma resolução: vou começar as compras de Natal cedo para acabar de embrulhar tudo até setembro. Só assim não vou enlouquecer quando dezembro chegar como uma avalanche.

Meu marido lhe diria que a culpada sou eu mesma — para que preciso de duas árvores de Natal? Até da Lua Papai Noel conseguiria ver nossa casa com a quantidade de lâmpadas de Natal que eu acendo. É como se fosse uma doença — natalite? — que não me deixa parar. E não sou a única; todas as minhas amigas mais chegadas são assim também. Todo dia corremos até as lojas de conveniências para aumentar o estoque de tralhas natalinas e, pior ainda, coisas que precisam ser montadas! Sherri me põe a par das novidades cada noite: "Você passou na loja hoje? Estão com um Papai Noel inflável de três metros que você vai adorar!" (Não se preocupe; ela já me deu um.) O problema de colocar tantos enfeites é que depois você tem que tirar tudo e achar algum canto para guardar.

As semanas entre o Dia de Ação de Graças e o Natal se transformam em uma nebulosa. Entre as festas da temporada e os aniversários (todos na minha família fazem aniversário em dezembro; aniversário em dezembro deveria ser proibido por lei), estão as festas da escola. Dia sim, dia não tem festa na escola; fazer enfeites, cartões, biscoitos... e, claro, comprar presentes para todo mundo... A coisa não acaba nunca. Eu tento não me perder nessa confusão toda, mas me pego todo ano acordando suando frio, só de pensar que esqueci de comprar um presente para a carteira, o que dar para a cabeleireira, para a professora de piano das crianças... O que é que devo comprar para elas? Queria dar uma festa de Natal este ano, mas a quem convido: os vizinhos, a família, colegas de trabalho, amigos? Como decidir?

Experimentei fazer biscoitos — uma vez. Saí e comprei todos os ingredientes e equipamentos: cortadores, confeitos, tudo. Tentei fazer a massa. Em cinco minutos, minha filha já tinha derramado todos os confeitos no chão. A cadela comeu a massa enquanto eu limpava o chão. Parti para os biscoitos de massa pronta e disse à tia Jane que dava muito trabalho cortar uma arvorezinha de Natal dentro de cada biscoito redondo.

Tenho chiliques só de pensar em cartões de Natal. E descartei a idéia da carta — trabalho demais. Além disso, alguém precisa saber que o tio Harry ainda está preso e que a minha filha quase mata o coelho? Eu só queria que as pessoas que não conheço parassem de me mandar cartões. Assim, não seria obrigada a mandar-lhes cartões também — afinal, quem é mesmo essa prima de quarto grau que mora em Poughkeepsie?

A REGRA: *Mantenha suas expectativas natalinas sob controle.*

Fique longe da seção de Natal das lojas — a tentação de passar dos limites simplesmente é grande demais.

AS REGRAS DA REBELDE:

1. Escreva sua lista de coisas a fazer para as festividades cedo. Dobre em duas partes e corte no meio. Jogue uma das partes fora e bom proveito!
2. Se Papai Noel e todo mundo vai dar brinquedos a eles, você não precisa dar nenhum!
3. Peça à tia Jane que faça os biscoitos com as crianças.
4. Mande suas mensagens de feliz ano novo por e-mail — em janeiro.

Capítulo 22
Voando alto

O MITO: *Planejando bem e preparando tudo direitinho, você pode muito bem fazer boas viagens longas com seus filhos.*

Avião não é lugar para crianças pequenas. Isso não é um mito. Infelizmente, seja por força de uma emergência ou por excesso de otimismo nos planos de férias, às vezes você tem de voar. Já que é ilegal deixar crianças sozinhas em casa e praticamente impossível encontrar quem possa ficar com elas da noite para o dia, às vezes não tem jeito e você se vê voando alto — com filhos a tiracolo.

"Ah, não vai haver problema nenhum. Nós trouxemos lanches, cobertas e brinquedos para eles se distraírem. Eles vão adorar viajar de avião!"

Com certeza. Basta ser organizada. Quando as coisas esquentarem, você sempre poderá reativar as velhas regras e a velha disciplina:

1. Nada de vomitar no avião.
2. Nada de chutar a cadeira da frente.
3. Nada de gritar, chorar nem brigar.
4. Nada de sair de seu assento!

"É uma aventura — e nós vamos nos *divertir*, ora bolas!" Se houver algum problema, os comissários de bordo nos "salvarão". Eles são profissionais; estão acostumados a esse tipo de situação. Os passageiros não se incomodarão com um pouco de choro e barulho; certamente todos já passaram por isso antes.

O fato de termos filhos não vai restringir nossas viagens. Eles terão de se adaptar; que outra opção têm?

A REALIDADE: *Seus filhos vão infernizar seu vôo — e o de todo mundo.*

Situação de emergência: uma morte na família. Estávamos morando em Cingapura e não havíamos voltado aos Estados Unidos em um ano por duas boas razões: Clayton e Lillian, que ainda eram bebês, com um ano de diferença um do outro. (Onde estávamos com a cabeça?)

Consegui "passar" uma lábia e arrumei quatro lugares na primeira classe; não haveria problemas. Mas a tralha que tivemos de arrastar foi maior do que eu pensava: duas cadeiras de bebê para carros, quatro sacolas de mão, um carrinho duplo e — não esqueçamos — os bebês! Finalmente nos instalamos nos assentos, coquetel para papai e mamãe, suco de laranja para as crianças. Tudo está correndo bem, sem choro, sem confusão — sopa no mel! O avião decola e bum! *Uáááááááááá!* Começa. Lillian solta um grito primal que primeiro se transforma em uivo e depois em um grunhir ininterrupto. Não sabe como é? Não é nada agradável. Imagine um cachorro que cai numa armadilha e fica com a perna presa por 32 horas. Ainda tenho as cicatrizes dos punhais lançados pelos olhos de meus doze companheiros da primeira classe.

Desesperada, tive uma idéia: estamos na última fila, diante do motor, então eu enfio a menina (que não parou de berrar) em sua cadeira para carro, que está atrás de nossos assentos, na esperança de que o barulho do motor abafe o berreiro que ela continua fazendo. Aí, jogo quatro cobertores em cima dela. Apesar de esse não ser um procedimento recomendável — provavelmente contraria as regras do departamento de aviação —, funcionou! O maior silêncio. Começo a me preocupar. Será que eu a sufoquei? Será que ela não está respirando?

A mamãe entra em pânico e pega a filha no colo. Má idéia: ela me dá um murro no olho, ai!

Os olhares fuzilantes, os cochichos, as caras dos passageiros: "O que há com essa criança? O que há com essa mãe?" Rápido, rápido, pensar: o que fazer? Clayton começa a dar chutes na cadeira da frente.

"Pare com isso, Clayton! Estou falando sério!"

Finalmente, aterrissamos em Tóquio. Seis horas de viagem para o inferno, e nós nos perguntamos: "Será que não devemos dar meia-volta?" As portas se abrem. Assim que saltamos do avião, Lillian pára de chorar e Clayton, de chutar. Nossa espera em trânsito transcorre apenas com o habitual: suco derramado, troca de fraldas, eu de quatro pelo banheiro à procura do brinquedo preferido de Clayton. Corremos. Hora de voltar ao avião. Nossos "amigos" estão à nossa espera.

Estou cansada, de péssimo humor, morta de vergonha e, claro, assim que pisamos no avião, Lillian recomeça. Uma comissária se aproxima. Estou certa de que ela vai me pedir que pule de pára-quedas com minha filha chorona. Não, não é isso. Ela age com simpatia; deve ser mãe também. Traz uma garrafa inteira de vinho e a coloca à minha frente.

"Querida, você está precisando disso. Beba."

Eu obedeço. Fico com sono e já não estou "nem aí" se Lillian ainda não parou de chorar. Meu marido, recém-acordado de um cochilo de "morto para o mundo", se oferece para assumir o tranco. E desaparece com nossa mutante no toalete para que ela possa brincar com os tampões e os absorventes pelas próximas quatro horas (ao que parece, ela adora a brincadeira). Uma turbulência os traz de volta aos assentos. Mal acaba de sentar, a menina começa novamente com o lamento. Eu a abafo atrás do assento de novo; a comissária finge que não vê. Seis horas sem intervalo, Lillian berra, berra e berra até que ouvimos o aviso maravilhoso: "Prontos para aterrissagem."

Tento me recompor, limpo o rímel de debaixo dos olhos, penteio o ninho de ratos, jogo um perfume para disfarçar o vômito — Lillian vomita quando está nervosa, mas só em cima de mim. Nossos assentos parecem uma república de estudantes depois de uma festa; procuramos dar uma arrumada. Enquanto esperamos a abertura das portas, o silêncio no avião é tal que se poderia ouvir cair um alfinete. Ah, eu não contei? Os dois haviam caído no sono cinco minutos antes. Para quebrar o silêncio, eu grito: "Bom, agora você sabe por que eu tomo pílula!" Uma risadinha muito sem graça e só uma mesmo. Descemos do avião com nossos anjinhos adormecidos e tudo mais, menos o que perdemos ou abandonamos. E já estamos horrorizados com a perspectiva da viagem de volta — talvez de navio seja mais fácil!

A REGRA: *Planeje sua viagem com expectativas realistas.*

O que você pode fazer? Sorrir e suportar? Vai ser difícil. Quando viajar e vir uma mãe lutando com o filho, seja gentil. Tente sorrir ou ofereça ajuda — assim, pelo menos ela vai poder ir ao banheiro sozinha. Você não imagina a diferença que isso pode fazer.

AS REGRAS DA REBELDE:

1. Viaje de carro. É muito mais fácil que de avião, e você pode gritar com eles com toda a privacidade.
2. Vista todo mundo de preto. Mesmo que não esteja viajando para um enterro, se as pessoas pensarem que você está viajando com essas crianças terríveis porque não tem outro jeito, você vai ganhar pontos em empatia.
3. Sempre compre os fones de ouvido — dê-os às pessoas que estiverem à sua volta. Peça desculpas antecipadas.
4. Nunca leve uma criança numa viagem de avião que demore mais em horas do que o que ela tem em anos.

PARTE QUATRO

A vida na tribo

Capítulo 23
Depois que os filhos vão embora

O MITO: *Os avós estarão sempre dispostos a tomar conta dos netos, jamais interferirão e não darão conselhos que não forem pedidos.*

Os "avós em potencial" (pais cujos filhos já saíram de casa) me falaram sobre ter filhos desde o dia em que me casei:

"Você não vai querer ter filhos quando estiver velha demais — comece a pensar em tê-los logo."

"Parece que você está grávida — ah, não está? E por que não?"

"Mal posso esperar para tomar conta de meus netos."

"Quando você tiver filhos, nós vamos lhe ajudar em tudo que você precisar."

Com tanto apoio — toda a minha própria tribo para me dar respaldo —, a perspectiva de filhos não me preocupava nem um pouco. Minha tribo é meu círculo familiar mais próximo. Meus pais e sogros são os chefes dos Kahuna. Quando nossa tribo se reúne, o assunto é a perspectiva de os chefes se tornarem avós. Eles passam discutindo como serão os netos: louros como a tia Jane, altos como o vovô, com olhos tão azuis como os da vovó? Já os vejo todos corujando meus pimpolhos. Jamais se cansarão deles.

A REALIDADE: *Antes da chegada dos netos, os avós acham que querem ficar o tempo todo com eles.*

"Você pode pedir a seus pais que fiquem com as crianças na sexta-feira?"

"Eu pedi, mas eles já tinham marcado para jogar tênis. Peça aos seus."

"Também já pedi — mas papai está com dor nas costas e mamãe está gripada."

"Eles sempre têm uma desculpa! Estou de saco cheio: 'Temos uma festa, o encanamento está com problemas, o carro está sem gasolina...' Sempre tem alguma coisa!"

"Qual foi a última vez que eles ficaram com as crianças?"

"Quando tínhamos só uma..."

O primeiro neto tem tudo. Todo mundo briga para ficar com ele, dá montes de presentes e lembra do aniversário. Aí vem o segundo: mais fraldas para trocar, alguém com quem o primeiro brigar, o dobro de trabalho e puf! — num passe de mágica, a tribo inteira desaparece.

Eles decretam quem puxou a quem e, quando não gostam do que estão vendo, jogam a culpa na outra família:

"Nunca vi um nariz assim na nossa família."

"Você tinha cabelo quando era bebê."

Aparentemente, eles gostam muito mais da idéia de ser avós do que da realidade. Na hora de dormir, cochicham uns com os outros — ou, pior, fazem comentários nada sutis na sua frente:

"Nossos filhos nunca fizeram essas coisas. Eles tinham modos."

"Lá em casa, as crianças tinham disciplina!"

"Você deveria..."

"Por que você não...?"

Você vai ouvir como os filhos deles dormiam a noite inteira a partir da sexta semana de vida, aprendiam a usar a privada aos dois anos e *jamais*, sob nenhuma hipótese, dormiam na cama dos pais.

Quando Clayton tinha um mês e meio, eu o levei à casa de meus pais — minha mãe deu uma festinha para exibir o neto. Uma das avós em potencial perguntou onde ele dormia. Eu respondi tranqüilamente que ele dormia comigo. Ela deu um grito e derramou o café que estava tomando. Todos os avós em potencial que estavam na festa vieram correndo. Nunca vou esquecer as palavras dela: "Você estragou seu filho — estragou!" A mulher tremia ao dizer isso. Corri para meu quarto e chorei o resto do dia. O que foi que eu tinha feito? Havia estragado meu filho?

Voltei para casa no dia seguinte, esperei até o cair da noite e o coloquei no berço. Fiquei vigiando, esperando para ver em que o havia estragado. Talvez ele nunca conseguisse dormir sozinho. Talvez ele pensasse que só se dorme com mais duas pessoas! Em dois minutos, ele já estava dormindo a sono solto e assim foi a noite inteira (Clayton fazia o mesmo na minha cama também). Foi aí que vi que nem tudo que os "avós em potencial" dizem é verdade.

Eles têm amnésia seletiva sobre os filhos que criaram, mas acho que essa é a forma que encontram de guardar as lembranças felizes. Quando vejo amigos com filhos menores que os meus, até eu me pego pensando às vezes: "Os meus nunca fizeram isso!"

A REGRA: *Lembre-se que, em retrospectiva, o valor da experiência é muito dúbio.*

Não vire uma "saudosista de cadeira de balanço" quando for uma avó em potencial!

AS REGRAS DA REBELDE:

1. Pense bem antes de esperar muito para ter filhos — quanto mais velha você for, mais velhos serão vovô e vovó e menos eles vão querer ou poder ajudar.
2. Procure uma boa babá para não ter de apelar sempre para a vovó.
3. Não dê atenção a nenhum comentário que comece com: "Você precisa... Você deveria... Por que você não...?"
4. Balance a cabeça e sorria. Eles têm boas intenções (eu acho).

Capítulo 24

A vida social das mães

O MITO: *O Clube Internacional das Mães — você sempre vai ter alguém com quem conversar.*

É verdade: tudo muda, principalmente depois dos grandes momentos da vida — formatura, casamento, filhos. Naturalmente, essas coisas dão lugar a novos interesses, novos problemas e novas preocupações. Você se torna outra pessoa.

Mas, embora tudo mude, como mãe você pensa que será fácil fazer e manter novas amizades. Afinal, você fala a nova língua da maternidade, que a liga a todas as mulheres que já passaram pela experiência do parto. Mesmo que você seja de outro lugar e faça parte de outra cultura, com filhos você tem algo em comum com todas as mães do mundo. Em sua própria comunidade, entre os vizinhos, há tantas oportunidades de fazer amizades: atividades infantis, parques, igreja e escola — a Associação de Pais e Mestres simplesmente é uma "galera" cheia de novos amigos esperando por você!

Essa nova pessoa que eu me tornei saiu pela última vez do escritório duas semanas antes de meu primeiro filho nascer. Eu não tinha a menor intenção de voltar após as seis semanas da licença-maternidade — não queria voltar nunca. Ainda mantive contato por algum tempo com os colegas e amigos do trabalho — o bastante para visitá-los e exibir aquele bebê lindo — mas logo percebi que já tínhamos muito pouco em comum. Enquanto eu ficava em casa de pijamas o dia inteiro, tratando de amamentar, banhar e fazer arrotar um bebê, em estado semicomatoso mas extático, amando-o sem dormir quase nenhuma das 24 horas do dia... eles continuavam acordando cedo e correndo para o escritório para... bem, para fazer praticamente as mesmas coisas que eu havia feito todo santo dia ao longo de todos aqueles anos de trabalho. Eu já conhecia tudo aquilo, de forma que as fofocas do trabalho perderam todo o interesse em comparação com meu bebê e todas as coisas fascinantes que estavam me acontecendo em casa... só que minhas ex-colegas não pareciam estar muito interessadas. Elas queriam carregá-lo, faziam festinha um minuto e pronto. A conversa acabava.

Porém eu não estava preocupada com isso: tinha novas amigas. Nos dois últimos meses de gravidez, eu havia me matriculado numa aula de yoga para futuras mães e conhecera um grupo de mulheres iguaizinhas a mim (extremamente grávidas). Fiz mais de dez novas amigas, e todas elas teriam filhos mais ou menos na mesma época. Tinha encontros para almoçar, lanchar à tarde e, principalmente, uma turma com quem me divertir! Nosso novo Clube de Mães se reunia religiosamente uma vez por semana na casa de uma, antes e depois de os bebês nascerem, e era fantástico — tínhamos tanta coisa em comum! Criamos intimidade através da experiência do parto e de cuidar de um recém-nascido. Eu estava felicíssima. Queria estar com essas mulheres e crescer com elas e seus filhos pelos próximos 18 anos pelo menos.

A REALIDADE: *Se é tão fácil fazer novas amigas e mantê-las, por que estou me sentindo tão sozinha?*

A turma da yoga era maravilhosa. Foi tudo tão fácil entre nós enquanto todas estávamos com bebês recém-nascidos! Tudo era novo e emocionante. Tínhamos sempre muita coisa de que falar; estávamos sempre trocando idéias, dando conselhos. E estávamos também tão privadas de sono e tão em choque com o pós-parto que demorou um pouco até percebermos que na verdade só tínhamos uma coisa em co-mum. Havíamos nos aproximado por sincronização conceitual — coincidência — e era basicamente só isso.

Começaram a acontecer umas coisas estranhas com nossa turmi-nha: tentamos trazer os maridos para nossas reuniões. Eles não ti-nham nada em comum, principalmente porque quase todos tinham idades muito diferentes, indo de vinte e tantos a quase sessenta. Sim, todos tinham recém-nascidos em casa, mas os homens não costumam criar amizades por causa de histórias de crianças e questões de desen-volvimento infantil.

Isso traz à tona uma verdade dura e cruel: o fator da compatibi-lidade familiar. É praticamente impossível encontrar outra mãe de quem você goste e possa ser amiga e conseguir que o pacote (a famí-lia toda) se dê bem. Se você gostar da mãe, vai gostar do marido dela também? Será que você vai se dar bem com os filhos dela e que seu marido vai gostar de todo mundo — e vice-versa? Quanto mais ele-mentos na equação (número de crianças e variação nas idades), mais difícil vai ser para "casar" a coisa.

O segundo desafio na turma da yoga era a proximidade física. Embora todas morássemos no centro da cidade no início, muitas das novas famílias se mudaram para os subúrbios, casas maiores e esco-las melhores. Começamos a ter de dirigir cada vez mais para as reu-niões semanais, que começaram a ficar cada vez mais difíceis com um bebê berrando no assento de trás em percursos longos. À medida que as crianças foram crescendo e se individualizando mais, todas as di-ferenças começaram a ficar mais evidentes: idades e problemas dos pais, disciplina, filosofia de casamento, decisões como voltar a traba-lhar ou ficar em casa, religião e escolaridade.

Quando a segunda "leva" de bebês chegou, a turma já se havia desfeito. Fiquei sozinha com duas crianças pequenas. Foi então que comecei com a Internet, quando encontrei refúgio e solidariedade na correspondência por e-mail com mulheres como eu no mundo intei-ro — era mais fácil mandar uma mensagem e conhecer outra mãe *on-*

line durante o sossego da sesta de depois do almoço. Eu também tinha amigas na vizinhança, mas era difícil nos reunirmos com filhos que tinham horários de sesta diferentes. Quando nos encontrávamos, na verdade não conseguíamos conversar, nem sequer falar uma frase até o fim enquanto corríamos atrás dos bebês.

Então chegou a hora de começar a escola. Ao contrário do que eu pensava, ficou ainda mais difícil encontrar amigas. Sem dúvida, havia um monte de mães e muita oportunidade de fazer contato e amizade, mas a dificuldade com o fator da compatibilidade familiar era o mesmo — invariavelmente, acabávamos gostando dos filhos e detestando os pais ou adorando os pais e não agüentando os monstrinhos! E a história da Associação de Pais e Mestres... bem, para ser sincera, trata-se de uma associação que tem uma função muito nobre e importante na comunidade escolar, mas é também um caldo de cultura de intrigas e fofocas, onde sua melhor aposta é sempre a conformidade.

O problema é que eu nunca suportei ser igual a todo mundo. As donas de casa rebeldes são uma gangue muito solitária. Diga se não é verdade: somos *sui generis*, para o bem ou para o mal, dependendo da perspectiva de quem nos vê. Com filhos, seu tempo diminui e você não quer perder nenhum. É preciso que você goste mesmo de uma pessoa para querer investir nela seu precioso tempo longe dos pirralhos. Donas de casa rebeldes há em toda parte, só que elas são tão ocupadas quanto você.

Eu me mudei para outro bairro logo depois que meu terceiro filho nasceu; os dois mais velhos já iam à escola cinco dias na semana. O fator da compatibilidade familiar já havia dado o ar da sua graça: a rua era um terreno de batalha entre a louca dos filhos bacanas e a mãe fantástica com crianças endiabradas. A melhor tática era simplesmente ficar "na minha". Quando eu finalmente já estava me convencendo de que era uma solitária, apareceu Vicki.

A mistura entre os Caldwell e os Roos foi poderosa e mostrou que havíamos encontrado o par perfeito na escala de compatibilidade familiar:

- Morávamos na mesma rua, mas não éramos vizinhas de porta, o que provavelmente é melhor, já que você não quer ficar perto demais nem saber demais da vida privada dos amigos.
- A idade e o sexo das crianças "batiam" — elas se deram superbem e sempre foram legais com os pais dos amigos (não foram MDOs; veja o Capítulo 25).
- Os maridos se davam bem e conseguíamos desfrutar do tempo juntos como famílias e também como adultos, quando estávamos sem os filhos.
- Na mistura de pais e filhos, tínhamos personalidades fortes, porém, complementares. Tínhamos quatro rapazes relaxados, fáceis de levar (incluindo os maridos), quatro garotas (incluindo as mães) de gênio forte, que se davam bem apesar das discussões, e um bebê, Tiger Scott, que era o queridinho de todo mundo.

O único problema é que, depois de quatro maravilhosos anos de convivência, nossas famílias ficaram muito dependentes e exclusivas — simplesmente era mais fácil ficarmos juntos que irmos cada um em uma direção. E então nossos melhores amigos (e minha parceira rebelde) se mudaram para Hong Kong por causa de uma transferência de trabalho... e ficamos sozinhos de novo!

Graças a Deus existe a Internet — é bom quando estamos na mesma rua, mas a Internet permite que estejamos do outro lado do mundo e ainda possamos manter uma amizade rebelde.

A REGRA: *Adote uma estratégia cuidadosa de seleção.*

A qualidade da amizade, e não a quantidade de conhecidos e compromissos, é o que mais importa. Procure essa outra mãe que é um pouco diferente do resto — você a reconhecerá, já que é preciso ser rebelde para descobrir quem também é.

AS REGRAS DA REBELDE:

As provas de uma amizade rebelde:

1. Vocês se falam todos os dias: por e-mail, por telefone e até pessoalmente.
2. Vocês dão o nome uma da outra para contato em caso de emergência.
3. Vocês podem contar qualquer coisa uma à outra — até mesmo as piores coisas, que jamais contariam a outra pessoa — e tudo sempre fica só entre vocês.
4. Ela deixa tudo e trata seus filhos como se fossem os dela numa emergência.
5. É a ela que você recorre numa crise, seja porque está precisando de alguém que a escute, tranqüilize, aconselhe ou simplesmente que "quebre um galho" e fique em sua casa para esperar o cara do conserto.
6. Você pode confiar nela para conversar com seus filhos — ela dirá a eles o que você quer dizer e depois lhe contará o que eles disseram. Eles não precisam saber disso. E confiam nela.
7. É para a casa dela que seus filhos fogem quando não estão legais. (Os meus vão ter de enfrentar um pequeno obstáculo agora, pois em vez de descer a rua, terão de ir até Hong Kong!)

Capítulo 25

Os MDOs (Monstrinhos dos Outros)

O MITO: *A mãe do comercial de Q-Suco que se vê na TV.*

As mulheres que se tornam mães, principalmente as que ficam em casa, adoram todas as crianças. Elas têm um instinto natural, um desejo e uma necessidade compulsiva de cuidar de qualquer pessoa que tenha menos de 18 anos. Elas falam a língua das crianças. Sabem fazer festinha aos bebês. Sempre estão dispostas a tomar conta das crianças, ficar no engarrafamento da porta do colégio, brincar e participar de todas as atividades da escola e da comunidade. Elas querem ser como a mãe do Q-Suco, servindo refrescos com um sorriso a todas as crianças da vizinhança, que não saem do quintal dela.

Quando eu era mais jovem e ainda pensava que toda criança era um amor — antes de ter meus filhos e os filhos dos vizinhos por perto —, eu queria ser essa mãe. Aquela mãe legal, que todo mundo adora. Eu cuidaria de todos, de meus filhos e seus amiguinhos. Serviria refrescos, sempre adoraria ter um ou dois a mais para o jantar. E insistiria para que eles ficassem para dormir! Daria a maior "força" para que brincassem em nossa casa. Seria a melhor maneira de saber onde meus filhos estavam e o que estavam fazendo — e com quem.

A REALIDADE: *Ser mãe não transforma você em Madre Teresa.*

Amo meus filhos e adoro sua companhia. Já os monstros dos outros... nem tanto. Não tenho esse fraco todo por bebês. Já tive três, sei como é. Quanto à mãe do Q-Suco, bem... você sabe quanto açúcar tem naquilo? Será que quer mesmo uma gangue de garotos alucinados, "viajando" em glicose, correndo e gritando pela casa? Alguém pode cair, se machucar — hoje em dia, até os vizinhos processam.

Eu tentei ser a mãe do Gatorade por uns tempos, mas acabei frustrada e zangada quando todos eles deixavam a sujeira espalhada pela casa e pelo quintal. Que bagunça! Que barulho! Eu tinha vontade de sair correndo. E, no fim, passava horas limpando o que eles sujavam em dez minutos.

Há pais e mães de todos os tipos — e regras de todos os tipos também. Infelizmente, não podemos escolher os vizinhos e somos obrigados a conviver com as crianças do bairro:

A que não tem hora de voltar para casa.
A que está sempre com fome quando chega.
A que não tem regras nem disciplina em casa.
A que não tem modos.
A que ensina a todas as outras os palavrões que aprende com
os pais.

Eu tenho baixa tolerância a desordem e confusão. Meus filhos sabem disso, e vivemos em família com harmonia. Sou conhecida na vizinhança como a mãe que fica louca se eles não arrumam a bagunça que vão fazendo. A Mamãezinha Querida os faz comer suas guloseimas na cozinha e não os deixa ver TV. Os meninos que aparecem não criam caso com "O General", que é como me chamam. Mas às vezes a coisa foge do meu controle.

A primeira vez que uma criança ficou para dormir aqui foi porque estávamos ajudando uns amigos que tiveram de viajar às pressas. O dia seguinte era um dia de semana e eu tentei pôr as crianças na cama cedo. Nosso hospedezinho se recusou a ir dormir, mesmo diante de minha ameaça de contar a Papai Noel. Proclamou que nunca tomava banho e que não tinha de ir para a cama antes de meia-noite. Depois de muita luta, ele finalmente pegou no sono às 11:30. Mas acordou e começou a vagar pela casa às 3 da manhã, procurando sorvete — porque não lhe havíamos dado sobremesa! (Ele não quis jantar.) Fez tanto barulho que acordou todo mundo, e quando vi estávamos todos tomando sorvete de baunilha na cozinha de madrugada. O dia seguinte foi terrível; as crianças estavam sonolentas e mal-humoradas, empanturradas de açúcar. E esse foi o fim dos programas para dormir lá em casa.

Comecei a ficar cada vez mais reclusa, inventando atividades para meus filhos fazerem após a escola e não abrindo a porta se a visita tivesse menos de dezoito anos e estivesse desacompanhada de um adulto.

É péssimo, mas mesmo quando você tem certeza de que seus filhos se comportam e conhecem e obedecem as regras básicas do respeito e da civilidade, nunca se sabe se os MDOs foram criados conforme os mesmos padrões.

A REGRA: *Estabeleça requisitos mínimos para a entrada de visitantes.*

Regras como "Por favor", "Obrigado", dar descarga na privada, arrumar a bagunça que fizer e jogar o lixo na lata (a qual, por falar nisso, não deve ser usada para nada mais, inclusive experimentos para a aula de ciências, jogos de basquete, esconderijo para os menorzinhos nem chutes).

Quando eles começarem a mostrar as garras e as presas, mande-os de volta para casa! E não — você não tem de deixá-los voltar. Nunca mais.

AS REGRAS DA REBELDE:

1. Estabeleça as regras e as conseqüências (você volta para casa!) logo no início — a popularidade é uma coisa muito superestimada.
2. Se você obrigar os MDOs a seguirem as regras de sua casa, eles não vão querer voltar mesmo.
3. As crianças devem comer em suas próprias casas.
4. Defina uma programação com as mães da vizinhança: deixem que eles brinquem até as 5 da tarde. Depois disso, cada um para sua casa para jantar, fazer os deveres, arrumar suas coisas, ir para a cama.
5. Quando chegar a hora de ir para casa, dê o aviso dos 15 minutos — ligue o cronômetro da cozinha! — para limpeza e arrumação da bagunça.

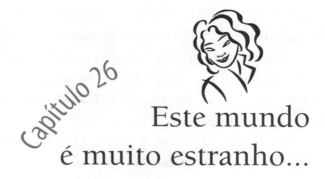

Este mundo é muito estranho...

Capítulo 26

O MITO: *O mundo era muito mais seguro quando nós estávamos crescendo.*

"Quando eu tinha a sua idade..." Você já está revirando os olhos, não? Como sempre fazia toda vez que seus pais começavam a dizer alguma coisa assim. E talvez ainda faça. Felizmente, não precisamos caminhar oito quilômetros até a escola... para ir e outros oito para voltar... ladeira acima. Nossas vidas hoje são muito diferentes. O mundo mudou e continua mudando a uma velocidade alucinante. Você também diz isso a seus filhos?

Ouvíamos música em toca-discos e fitas cassete! Tínhamos de levantar para mudar o canal da TV e de assistir a nossos programas favoritos quando eram exibidos, com comerciais e tudo. Tínhamos de escrever à mão ou datilografar os trabalhos em máquinas de escrever. Era o que havia nos escritórios, em vez de computadores. Quando queríamos falar com os amigos ou a família, escrevíamos cartas ou telefonávamos — de casa, já que não havia celulares. Tínhamos de nos sentar quando falávamos ao telefone; nosso raio de mobilidade equivalia ao comprimento do fio. Ouvíamos o rádio no carro (as FMs foram um avanço) e tínhamos de ir ao cinema para ver filmes. As calculadoras eram o que havia de mais avançado em tecnologia.

Porém, por mais difícil que fosse na "era das trevas", sem nenhum dos maravilhosos benefícios da tecnologia que temos hoje, tínhamos segurança. A vida era simples; tínhamos muita liberdade; andávamos de bicicleta sem capacete; podíamos confiar nos professores, nos policiais e nos adultos em geral. Pelo menos em retrospecto e com lentes nostálgicas e meio embaçadas, a infância era uma época idílica.

A REALIDADE: *O mundo é perigoso hoje, mas era perigoso quando éramos crianças também.*

É verdade que foi o mundo que mudou tanto ou fomos nós? Como mães, não podemos deixar de ver tudo de uma perspectiva diferente. Tudo parece tão perigoso; todo adulto é suspeito. Estamos ensinando — e cada vez mais cedo — a nossos filhos coisas de que nunca soubemos e que tivemos de descobrir sozinhos: drogas, sexo, AIDS, política.

Não me lembro de ter conhecido um conceito muito definido de "amiguinho" quando era criança: nós vagávamos pelo bairro e brincávamos com quem encontrássemos. O bairro era todo lugar aonde podíamos ir a pé ou de bicicleta — pedalávamos nas ruas, pelas encruzilhadas e tudo! Sumíamos por horas e horas.

Quando meu filho atingiu uma idade de maior independência, oito anos, ele achou que poderia ir aonde quisesse. Eu procurei incentivá-lo; procurei dar-lhe mais liberdade, mas foi uma transição difícil. Não vivemos numa cidade pequena; moramos perto de uma rua muito movimentada, cheia de carros, milhões de estranhos, perigo em cada esquina. Tenho de saber aonde ele vai, com quem, a que horas volta. Ele é um garoto fantástico. Nós o orientamos muito bem, e eu estou certa de que ele tomará boas decisões, mas mesmo assim — na hora em que ele sai, imagino o pior e me preocupo pelos carros, pelos estranhos, pelos cachorros, crianças maiores. Não é fácil ser mãe!

Não adianta pensarmos nas besteiras nem nas loucuras que fizemos quando éramos crianças — a menor das quais era andar de bicicleta sem capacete — e nos perguntarmos como foi que sobrevivemos. Como é que nossas mães agüentavam? Bom, mas elas não sabiam nem a metade do que "aprontávamos"... Mas meus filhos não fariam nada disso, certo?

A REGRA: *Vigie seus filhos, mas não extrapole.*

Oriente e proteja seus filhos, mas vá se preparando para dar-lhes mais liberdade, um pouquinho de cada vez. Deixe que eles dêem pequenos passos rumo à independência — você não vai poder tomar decisões por eles a vida inteira, mamãe.

AS REGRAS DA REBELDE:

1. Defina o que é o bairro, explique suas regras e procure certificar-se de que seus filhos sabem os limites.
2. Recrute os vizinhos. É sempre bom ter olhos e ouvidos espalhados por sua rua.
3. Dê um telefone celular para poder falar com ele e ele, com você.
4. Procure fazer as crianças brincarem em grupos — sempre haverá um mais tagarela no meio, que poderá servir de "informante".
5. Escute seus filhos e converse com eles. Discuta os fatos e problemas da atualidade para que eles conheçam melhor o mundo e o vocabulário para contar-lhe qualquer coisa.

Capítulo 27

À altura das expectativas

O MITO: *A escola pública me bastou e bastará para meus filhos também.*

A questão da educação de meus filhos vai esclarecer-se por si só. A escola vai cuidar de si mesma, como quando eu era criança. Minha mãe simplesmente nos matriculou na escola municipal mais próxima e pronto, nós fomos — sim, a pé. Isso foi tudo, e veja que pessoa maravilhosa eu me tornei! Ela nunca precisou repassar meus deveres de casa no primário porque eu não tinha nenhum.

Minha mãe nunca perdeu o sono pensando se eu iria fazer faculdade — se eu não fizesse, teria de me virar, pensar em outra coisa. As mães de hoje se estressam pensando nessa "coisa" de escola. Elas caíram na armadilha: estão pensando que vão criar superfilhos. Bombardeiam os coitados com cartazes, ilustrações, livros de exercícios e aulas de reforço para tudo, antes mesmo do jardim de infância. Colocam os meninos em lista de espera para a pré-escola! Eu é que não vou fazer isso — vou deixar meus filhos serem crianças. Para que a pressa?

A REALIDADE: *Três décadas depois, a competitividade já começa na pré-escola.*

A coisa já começa quando você está grávida, com um bombardeio de informações sobre como tornar seus filhos inteligentes: toque música clássica, coma determinados alimentos... A lista continua, e a pressão vai se acumulando. A cada mês de nascido, tudo em seu filho é medido. Quantas palavras ele fala? Ele sabe ler e ver as horas? Sabe as capitais dos estados? A pergunta "Qual a escola de seu filho?" é sempre seguida de um "Ah…" e de narizes levantados. Como é que chegamos a esse ponto?

Eu comecei a perder meu sono, preocupada com meu filho: será que ele estaria à altura das expectativas? E assim foi que comecei a inscrevê-lo para seleção em escolas exclusivas.

Resolvi prepará-lo cuidadosamente para a primeira entrevista. Ele tinha três anos. Repassei a estratégia com ele semanas e semanas: se comporte e se sente direito. Prometi-lhe um novo carrinho de corrida se ele fosse um "bom menino".

Na manhã do grande dia, vi logo que haveria problemas. Ele estava cansado e resmungão. Fomos à tal escola e lá encontramos umas quinhentas pessoas inscrevendo-se para três vagas. Eu já conhecia as histórias legendárias sobre o rigor do processo de entrada numa escola particular; agora iria vivê-lo. Durante as três horas de exame, a escola testa, entrevista e observa as crianças.

Apareceu uma professora e levou Clayton, primeiro para a entrevista individual e, depois, em grupo. Os pais deveriam esperar do lado de fora. Eu cruzei os dedos e rezei para ele não falar nenhuma das palavras da rede semântica do pipi. Brad e eu esperamos três horas, andando para lá e para cá nos corredores, conversando bobagens com os outros pais, o quanto nossos filhos eram espertos e o quanto todos *adorávamos* aquela escola. Depois de uma eternidade, fomos convidados a juntar-nos a nossos filhos e acompanhá-los nos cinco minutos finais da observação. Eu suspirei de alívio: estávamos quase no fim, ilesos. Mesmo que não conseguíssemos para aquele ano, poderíamos tentar de novo no ano seguinte.

Sorri orgulhosa ao ver Clayton sentado, tranqüilo, sem enfiar o dedo no nariz nem falar alto. Quando estávamos prestes a sair da sala, parei para agradecer à professora e despedir-me, na esperança de que ela guardasse uma boa lembrança de mim e do meu filho. Enquanto apertava-lhe a mão, Clayton foi até a gaiola do *hamster* e cuspiu — isso mesmo, cuspiu! — na gaiola. A professora perdeu a respiração e pôs a mão no peito.

"Clayton, o que você está fazendo?"

"Não gosto dele, mamãe."

"Clayton, peça desculpas!"

"Não."

"Peça desculpas, Clayton!"

"*Não!*"

Gelada, pedi milhões de desculpas à professora. Juro que a vi sair e riscar o nome dele da lista! Agarrei Clayton e, carregando-o como fazem os bombeiros — sabe como é, quando você passa a mão na cintura deles, e eles ficam com a cabeça para a frente e as pernas para trás —, saí correndo de lá.

Vi Harvard se esfumar a distância e a orientação vocacional em nosso futuro. Quando chegamos em casa, perguntei ao meu filho por que ele havia cuspido no *hamster.*

"Ele tava lá, mamãe."

Desisti e pensei com meus botões: "Meu Deus, ele só tem três anos, que é que eu estou esperando?" Por que me sinto tão pressionada para que ele consiga vencer? Eu sei por quê — é só olhar em volta. O filho do vizinho já sabe tocar violino, toma aulas de francês e também toca piano — e só tem cinco anos. Eu sinto como se não estivesse fazendo meu trabalho direito — meus filhos só têm uma atividade e vão para a cama às sete! Pressionar, pressionar, pressionar — é isso que os pais fazem.

A REGRA: *Não fique obcecada em criar o filho perfeito.*

Aprender deve ser uma diversão, não uma obrigação. E as crianças devem ser crianças, não pequenos adultos infelizes.

AS REGRAS DA REBELDE:

1. Como diz a minha mãe: "Não se preocupe, todos acabam aprendendo a ler!"
2. Simplesmente há alguma coisa errada quando uma criança de cinco anos é mais inteligente do que você.
3. Não compare seus filhos com os dos vizinhos. Você quer mesmo que eles sejam como os MDOs?

Capítulo 28

Dias de higiene mental

O MITO: *As dispensas de saúde são só para quando se está doente.*

As regras existem para serem seguidas. Os horários são adotados para o bem de todos. O mundo vai parar e rodar ao contrário se você faltar um dia à escola ou ao trabalho...

"Se você perder mais de dez dias de aula, com ou sem atestado, vai receber um 'd-fax'. Eles levam a sério a política de assiduidade."

Isso quem disse foi a nossa vizinha Karen, logo antes do meu mais velho entrar no jardim de infância da escola pública. Ela ficou preocupada porque eu havia lhe contado de nosso cruzeiro anual no aniversário de Zach, em janeiro. (Nos velhos tempos em que tínhamos dinheiro para fazer um cruzeiro todo ano...)

Hum. Isso poderia nos trazer problemas. Antes de termos filhos, criamos o hábito de viajar na baixa estação, basicamente porque era quando podíamos tirar uns dias de férias. Continuamos fazendo isso enquanto eles ainda eram pequenos. Todo mundo viaja no verão, nas férias escolares, mas nós vivíamos ao contrário do calendário letivo, fazendo cruzeiro no Caribe em janeiro e indo para as montanhas, a praia e Disneyworld enquanto a escola ainda estava em aula. Aprendemos a amar a baixa estação — a falta das multidões, principalmente de MDOs — e as tarifas de baixa estação.

"Mas que diabo é um 'd-fax'?"

Na verdade, é DFACS: Department of Family and Child Services [Departamento de Serviços para a Família e a Criança]. As escolas públicas de Atlanta levam sua rigorosa política de assiduidade *muito* a sério. (Embora eles não admitam, isso deve ter alguma relação com as estatísticas governamentais e a alocação de verbas.)

A REALIDADE: *Os dias de higiene mental podem ajudá-la a não ficar doente. Além disso, você aproveita muito mais uma dispensa por doença quando não está doente.*

Na verdade, eles não mandam DFACS; mandam cartas e advertências. Perdemos por freqüência o primeiro ano, e nem sequer chegamos a ir ao Caribe em janeiro! Não, esse foi o ano em que as alergias que Zach tem no outono foram mais fortes e ele perdeu vários dias no primeiro mês de aulas.

Esse foi também o ano em que o vovô Caldwell ficou internado depois de um derrame, e nós corremos para St. Louis para passar uma semana com ele, com medo de que fosse a nossa última chance. E no fim foi mesmo. O vovô Caldwell faleceu em fevereiro e fomos a St. Louis de novo para o enterro. Essas foram as razões para que a rígida política de assiduidade — principalmente no jardim de infância — não tivesse simplesmente a mínima importância. Por mim, que mandassem DFACS. (Se não tivéssemos tido que ir a St. Louis, teríamos feito o cruzeiro!)

E, à parte as faltas justificadas, há muito tempo sou a favor — dentro de limites razoáveis — de ficar de papo para o ar e de cabular. Corrompi meu marido com essa filosofia quando estávamos na faculdade. Foi há quase vinte anos, mas lembro-me claramente das segundas-feiras em que voltávamos para as aulas da semana... e simplesmente esticávamos o fim de semana. Uma vez, cabulamos aulas: era um dia maravilhoso e fomos parar no alto do monte Rainier, ao lado de Tacoma, Washington. Outra vez, passamos um dia no *ferry* de Washington, viajando pelas ilhas San Juan. Foi mágico. Eu não conseguiria me lembrar com clareza de nenhum dia de aula, mas lembro-me de cada detalhe desses dias de higiene mental. E o mundo não parou em nossa ausência. Ninguém nem percebeu.

A REGRA: *Permita-se um dia de higiene mental.*

Faça isso de vez em quando, se não tiver nenhum problema a resolver ou compromisso importante a cumprir. Não é errado, não. Pode deixar, que eu mando um bilhetinho por você.

AS REGRAS DA REBELDE:

1. Vá assistir a um filme um dia de semana de tarde, quando todos estiverem trabalhando.
2. Escreva bilhetes, seja para a escola ou o trabalho, com justificativas bem criativas — seu professor ou chefe vai agradecer!
3. A mais antiga, irrecusável, irrefutável e melhor desculpa para um dia de higiene mental (mesmo que não seja verdade): TPM ou "problema feminino". (Por que não tirar um pouco de vantagem da maldição mensal?)
4. A rebelde recomenda: *Celebrate Today: Over 3000 Boss-Proof, Tamper-Resistant, Undeniable Reasons to Take the Day Off* [*Comemore Hoje: Mais de Três Mil Razões Inalteráveis, Inegáveis e à Prova de Chefes Para Tirar Um Dia de Folga*], de John Kremer (Open Horizons).

PARTE CINCO

Homens, sexo & outras fantasias

Capítulo 29

Sexo, mentiras & videoteipe

O MITO: *Casar significa sexo o tempo todo.*

Sexo, sexo, sexo — está em tudo e em toda parte. A julgar pelo bombardeio incessante da mídia — revistas, músicas, filmes, comerciais, TV (especialmente aquela ninfo, a Samantha, de *Sex and the City*) —, nada mais natural pensar que todo mundo está transando o tempo todo. O sexo está a nossa volta em todos os lugares: em casa, no trabalho, nos vestiários, nos banheiros dos restaurantes, nos aviões!

Como é que todo esse sexo afeta o casamento? Teoricamente, é claro que o sexo é prerrogativa de maridos e mulheres e outros casais que têm um compromisso. Sabemos que, na verdade, há muito mais coisas "rolando", mas vejamos quais as "sexpectativas" no casamento: o que as pessoas realmente fazem no leito conjugal? Os casados desfrutam do sexo o tempo todo? Tanto quanto esperavam? Tanto quanto dizem?

Os homens e as mulheres entram no casamento com expectativas semelhantes. Os homens pressupõem que o casamento lhes permitirá ter todo o sexo que quiserem e quando quiserem — isso estava em algum lugar dos votos matrimoniais, não? As recém-casadas também querem se fartar — finalmente sem culpas!

No início, a lua-de-mel continua e é ótimo! O único problema de todo esse sexo fantástico se torna evidente mais cedo ou mais tarde: a gravidez. Planejado ou não, um filho muda tudo...

A REALIDADE: *Os filhos são um fator de stress na vida sexual.*

"Quer transar hoje?"

"Não sei."

"Que resposta é essa?"

"Estou tããão cansada..." Após a chegada do bebê, essas três palavras vão ser o maior bloqueio sexual dos próximos vinte anos. "Clayton ficou acordado a noite inteira, não cochilou um só minuto durante o dia, não me lembro da última vez em que tomei banho — e acho que estou com TPM."

"Nossa, fiquei com o maior tesão."

Viramos, os dois, e dormimos — de novo. Já faz mais de uma semana que fizemos amor. De manhã, após mais uma noite de sono interrompido por choro, para amamentar e trocar o bebê (lembra-se quando, em vez de mamadas e caganeiras múltiplas, o que você tinha à noite eram orgasmos múltiplos?), o maridão faz outra tentativa.

"Nem pensar! Vá embora — você não tem de ir pro trabalho?"

Ele é meigo — e persistente: "Vamos combinar pra tarde então, na hora da sesta dele. Eu passo em casa pra uma rapidinha."

"OK. Depois. Te amo. Tchau." Mais uns ricos minutinhos de sono antes que comece tudo de novo: o choro, a mamada, a caganeira...

Mas eu faço um esforço. Arrasto-me para fora da cama e tomo uma ducha rápida antes de assinar meu ponto. Lá pelas 11, estou começando a me sentir, assim, meio excitada: vamos transar! A hora da sesta chega num instante; ponho Clayton na cama. Ele imediatamente começa a gritar: "Dormir não! Dormir não!" Passo uma hora lutando para que ele se deite. A essa altura, o maridão chegou já faz meia hora, e eu estou um pouco desarrumada, mas não desanimada — ainda me sinto disposta. OK, com tesão.

"Vik, eu tenho de voltar pro trabalho!"

"Eu sei — estou tentando..."

Dou uma escapulida do quarto de Clayton. "Vamos ligar o som — assim não escutamos se ele chorar." Aumento o volume. Sem tempo de trocar o CD, começamos a tentar sexo louco, apaixonado e espontâneo (conforme o programado) ao som de "O recreio do ursinho Puf". Devido à exigüidade do tempo — só 15 minutos antes que ele volte para uma reunião —, arrancamos as roupas fora e vamos direto ao que interessa. Fecho os olhos, procurando conjurar algum tipo de imagem romântica.

"Brad, assim não... Ai, Brad, você está me fazendo cócegas!"

"Que cócegas?"

Abro os olhos: Clayton! "O que você está fazendo fora do seu berço?"

"Ma-ma, ma-ma piu-piu, ma-ma pe-lada!" Ele está com uma pena na mão, passando no meu traseiro! Agarro as roupas e cubro tudo correndo.

"Papai e mamãe estão lavando a roupa, amor!" E fim do clima. Tentar depois? Brad sai correndo para o trabalho, decepcionado, frustrado, sem o mínimo indício do tão desejado prazer que irradia um homem que acaba de transar.

Decidida a levar a coisa até o fim, planejo um jantar romântico e digo a ele que chegue em casa lá pelas 5 horas. (Se for mais tarde do que isso, acho que vou estar cansada demais!) Ponho a mesa, acendo as velas, me maquio e coloco Clayton diante da TV assistindo ao vídeo do *Rei Leão*. Dessa vez não tem surpresa; ele fica entretido com o filme enquanto nós fazemos sexo! Brad entra em casa e estou sentada à mesa esperando (dessa vez, não tem música, só o murmurar baixinho de Elton John cantando "Circle of Life"). Devido à exigüidade do tempo — 88 minutos de exibição já rodando —, já estou nua.

"Uau, mal posso esperar para comer!" Ele tira as roupas e começamos a comer, tomar vinho, falar besteira... A coisa está indo que é uma maravilha; Clayton superquieto assistindo ao *Rei Leão* — ainda faltam 44 minutos para acabar! A campainha toca. Minha sogra! Mas será que ela nunca pode ligar antes?

"Ah — oi, mãe! A gente tava... é... lavando a roupa..."

A REGRA: *Enquanto houver vontade e um vídeo, há um jeito!*

Continue tentando — não desista! Faça o que funcionar para você e não se preocupe com o que os outros fazem (essa de que sexo, para eles, é todo dia é mentira!).

AS REGRAS DA REBELDE:

1. Tranque a porta de seu quarto.
2. Curta o sexo durante o dia, quando as crianças estiverem na escola!
3. Leve as crianças para a casa da vovó ou da babá e volte para casa em vez de ir para a rua.
4. Aprenda a apreciar a arte da rapidinha!
5. As ostras e o vinho são ótimos afrodisíacos; a pimenta deixa tudo mais picante!
6. A rebelde recomenda: *How to Cook For Your Man & Still Want to Look at Him NAKED* [*Como Cozinhar Para Seu Homem e Ainda Ter Vontade de Vê-Lo NU*], de Lori e Vicki Todd (Oxmoor House).

Capítulo 30

Quem disse que maior é melhor?

O MITO: *Uma casa maior, mais cara, significa uma vida melhor.*

Há muitos anos, quando estávamos no auge do *boom* tecnológico, meu marido e eu fomos por um momento muito, muito ricos! No papel, de qualquer modo. A empresa de *software* que ele havia criado com o sócio em nosso porão — e que havia chegado a mais de trezentos funcionários em escritórios espalhados pelo mundo inteiro — finalmente ia tornar-se uma sociedade anônima. Isso queria dizer que toda a riqueza no papel logo se transformaria em dinheiro vivo e nós estaríamos feitos pelo resto da vida — por várias gerações. Começamos a procurar imóveis — íamos subir alguns degraus na escala social.

"Ralamos" um bocado para comprar, em 1994, nosso primeiro lar em Atlanta: um ranchinho dos anos 50 no fim de uma estradinha sem saída "dentro do perímetro" (a parte da área metropolitana de Atlanta que é circundada pela rodovia interestadual I-285), mas longe das zonas chiques e caras de Buckhead ou Morningside. Pagamos US$90 mil por um terreno com pouco mais de 600m^2 e uma casinha com dois dormitórios, um banheiro e um lavabo, um porão com janelas grandes por terminar, uma garagem aberta para um carro e um grande quintal para Shaney e Data, nossos vira-latas, então com dois anos. E esse ranchinho era perfeito.

Por seis anos, fomos muito felizes em nossa casinha. Tínhamos dois filhos, que dividiam um quarto pequeno, e vizinhos maravilhosos, a quem gostávamos de ver e visitar sempre, principalmente nas noites de sexta-feira (a noite da margarita!), quando nos sentávamos no jardim da casa de algum de nós.

Russ abriu a empresa em 1996. No fim de 1999, só três anos depois, estávamos olhando casas de um milhão de dólares no bairro ultrachique de Buckhead. Maior é melhor, certo? Empresa maior, vida maior, uma casa maior! Pensamos, acho que subconscientemente, que mais espaço quer dizer vida melhor. Estávamos com nossa casinha atulhada, tralha por toda parte, e tínhamos mais um bebê (o terceiro filho!) a caminho. E estávamos felicíssimos de poder finalmente ter um lugar para colocar tudo — e todos.

As crianças teriam cada uma seu quarto e tanto espaço: finalmente teríamos espaço à parte para as crianças e seus brinquedos, espaço para os adultos relaxarem e espaço para a mamãe montar seu escritório e poder escrever.

Ponderamos rapidamente se seria melhor comprar uma casa velha e fazer reforma ou comprar logo uma casa nova. Acabamos resolvendo que seria melhor e menos problemático comprar tudo novo (e caro). Encontramos a casa perfeita: recém-construída, num terreno de mais de 4.000m², a 1 quilômetro e meio do escritório e a 1 quilômetro de uma das melhores escolas primárias públicas do país.

Eu estava um tanto indecisa em dar esse passo — era bem grande —, já que seria eu quem teria de administrar tudo. Mas concluímos que daria para contratar ajudantes: um decorador, claro, babá, cozinheira e faxineira, além de um jardineiro. Com os profissionais certos, sem dúvida maior seria melhor.

A REALIDADE: *Quanto maior a casa, mais trabalho — e dinheiro — para mantê-la.*

Entramos em nossa casa de um milhão de dólares em Buckhead em 15 de março de 2000 — exatamente o mesmo dia em que a bolsa quebrou e a bolha tecnológica estourou com estrondo. Na época, ninguém percebeu a extensão do estrago. A empresa já não se tornaria uma sociedade anônima — na verdade, o que nos aguardava era uma luta monumental para mantê-la funcionando em meio a uma devastadora reviravolta descendente na economia.

Estávamos em péssimos lençóis, com uma casa imensa, uma hipoteca imensa, muito menos dinheiro do que havíamos pensado (a casa havia "comido" tudo), uma "riqueza" que encolhia a olhos vistos e dívidas cada vez maiores.

Além dos desafios e dos encargos financeiros que enfrentamos, logo aprendemos a dura realidade do maior e melhor. Agora estávamos com uma casa de 930m^2: cinco dormitórios, cinco banheiros, dois lavabos (um "formal" e um "informal", que era melhor que o nosso banheiro da casa anterior), um porão enorme, garagem para três carros e um imenso jardim, com tratamento paisagístico, na frente e atrás.

As crianças tinham cada uma seu quarto e seu banheiro — grande erro. Elas odiavam ficar sozinhas e no andar de cima, longe de papai e mamãe. Também não vale a pena cada filho ter um banheiro — em nosso caso, como eram pequenos, era bagunça multiplicada por três, com o risco adicional dos alagamentos de pias, descargas e banheiras. Além disso, preferiam usar o banheiro de papai e mamãe de qualquer jeito. A grande Jacuzzi que tínhamos no jardim virou a banheira da família, com espuma de banho, xampus e uma cesta cheia de brinquedos. Só vendo que elegância.

A idéia de espaços à parte para as crianças e os adultos agora me faz rir — não importa quanto espaço haja, elas ficam no seu pé o tempo todo. Isso afinal é uma boa coisa, pois quando você não as vê, elas provavelmente estão arrumando encrenca, alagando banheiros e sabe-se lá o que mais. Agora temos cestas e armários para os brinquedos e as coisas deles em todos os quartos da casa, inclusive no escritório. Assim, eles têm o que fazer, ficam satisfeitos e não mexem nas nossas coisas!

E há também a questão da bagulhada: quanto mais espaço você tem, mais ela se multiplica. O primeiro problema: você nunca encontra o que está procurando porque tem tralha guardada e escondida pela casa toda. Em vez de uma mesa ou gaveta para guardar e periodicamente jogar fora essa tralha toda, você acaba usando cômodos inteiros: a garagem, o porão, o sótão, a área de serviço, a "despensa do mordomo" e até uma bancada na cozinha para isso.

E quando você finalmente resolve arrumar uma área — em geral desesperada procurando alguma coisa que não consegue encontrar de jeito nenhum —, as outras ficam ainda piores! Você nunca consegue pôr a arrumação em dia.

E quanto aos profissionais que tão otimisticamente pensávamos contratar, não pudemos fazê-lo enquanto estávamos batalhando para pagar a hipoteca da casa e os impostos da compra do imóvel. E depois, quando já podíamos, eu não suportava ficar com gente em casa o tempo todo. Não podia me responsabilizar por mais vidas do que as cinco que já me cabiam.

Mesmo assim, pensamos que a manutenção não seria problema, já que tudo estava novinho em folha. Errado. As coisas simplesmente quebram em maior escala: quatro aparelhos de ar condicionado, em vez de um; sete vasos sanitários, em vez de dois; consertos caríssimos de eletrodomésticos, em vez de reposição fácil com um telefonema para uma loja especializada. Com uma casa como essa, os preços sobem assim que as pessoas passam do portão. Nada é pouco, pequeno ou barato.

Na outra casa, havíamos curtido ficar ao ar livre e passar muito tempo ao lado dos vizinhos. As crianças corriam e brincavam pelos jardins e quintais, que não eram cercados, e nós nos sentávamos nas varandas e ficávamos conversando no fim da tarde, à espera da chegada dos que trabalhavam fora. No bairro novo, melhor e maior, as casas ficam mais afastadas, mais recuadas, escondidas por cercas e sebes. As pessoas chegam e somem na privacidade de suas garagens imensas. Além disso, passamos tanto tempo dentro, lutando com a bagulhada e tentando "correr atrás" da arrumação de uma casa grande, que não sobra tempo para ficar ao ar livre. Sempre há coisas demais para fazer.

A REGRA: *Como em muitas coisas na vida (mas não todas!), menos é mais.*

O que importa não é o tamanho da embalagem; é o que você faz com o presente!

AS REGRAS DA REBELDE:

1. $46m^2$ por pessoa são mais que suficientes — mais do que a maioria de nós tinha quando criança.
2. As crianças não precisam nem querem ter seu próprio "espaço" — no fim, é só mais trabalho para limpar.
3. Se sua bagulhada não cabe em uma cesta de roupa suja que você possa esconder num minuto, você está guardando coisas demais.

Capítulo 31

Coisas com fios

O MITO: *Os homens nascem e se criam com aquela capacidade toda especial de consertar coisas em casa.*

Quando era adolescente, eu sonhava com o homem com quem me casaria. Ele iria me amar, respeitar e valorizar — e, é claro, consertar coisas também! Não queria ter a mesma frustração da minha mãe, de se casar com um homem que não sabe nem segurar um martelo (desculpe, pai, mas é verdade...). Meu marido seria capaz de zerar minha lista de "coisas a fazer, meu bem" em meia hora, consertar meu Mustang 65 e mantê-lo em ponto de bala — sem falar em montar tudo que entrasse em casa, com ou sem manual de instruções. Nada seria demais para ele.

Meu marido teria aprendido com o pai tudo sobre consertos, manutenção e reformas domésticas, de troca de lâmpadas e filtros de arcondicionado a construção de deques e instalação de regador de jardim. Juntos, faríamos cursos de decoração e reformaríamos a casa de nossos sonhos.

Suas mãos de ouro seriam feitas para a construção e a montagem. Sua agilidade mental o tornaria um prodígio da eletrônica também. Não haveria aparelho de som, videocassete ou computador que fosse complicado demais para o meu gatão. Termos como www, html, RAM, modem, VHS, DVD, *surround sound* e *subwoofers* seriam comuns no vocabulário dele. Sem problemas.

A REALIDADE: *Há homens que não sabem enfiar um prego na parede.*

"Vi-cki! Não consigo fazer este treco funcionar!" Imediatamente penso em Ozzy Osbourne gritando "Sha-ron!" toda vez que não consegue ligar a TV.

"A água da descarga está transbordando... O que é que eu faço?"

Uma vez eu fiz uma listinha de consertos a fazer. Ele riu e perguntou: "Pra quem é isso?"

E prontamente se livrou de meu Mustang 65 assim que ficamos parados no meio da estrada e me deu um Honda Accord com garantia de três anos e assistência técnica para viagens. Frases como as seguintes são comuns lá em casa:

"A lâmpada do forno queimou; ligue pra assistência técnica."

"Quem é que vai armar isso?" (na véspera do Natal).

"Você não quer cortar a grama?"

"Amor, venha aqui! Como é que eu faço pra ligar este computador?"

"Você podia dar um jeito nesta tomada pra eu secar meu cabelo?"

Pode ser que o pai dele tenha tentado ensinar-lhe os fundamentos da conservação de uma casa. Mas se tentou, entrou por um ouvido e saiu pelo outro. Eu virei a "Vik Conserta Tudo". Quando preciso de ajuda, ligo para um faz-tudo, meu mais novo melhor amigo. Ele não se queixa quando eu apresento uma lista do tamanho do braço dele. E nunca pergunta: "Você não pode fazer nada disso que está aqui?"

A regra lá em casa é: se vier com instruções e pilhas, quem cuida sou eu, inclusive todos os brinquedos. Quem inventou essa foi o maridão, claro. O pior é quando o manual não tem uma só palavra na nossa língua. Qual é o problema dessas instruções sem palavras e com ilustrações tão pequenas que só com uma lupa para enxergar? O problema é que quando eu consigo encontrar a ilustração, não sei mais que diabo ela está representando!

O pior de tudo para mim são as coisas que precisam de programação. Os aparelhos de som e vídeo e os computadores são exemplos.

Aprender a distinguir entrada, saída e áudio é bom, mas um papo com meu vizinho jeitoso, solteiro e bonitão foi a minha garantia de ter som estéreo no aparelho de som e na TV ainda nesta encarnação. Um pouco de beicinho, cara triste e um *top* sem sutiã já o convenceram a arregaçar as mangas várias vezes (acho que vinho também ajudaria).

Sei que não estou só. Há muitas mulheres por aí que têm de enfrentar os desafios da tecnologia e dos consertos em casa. Embora entendam tudo das mais complexas transações financeiras e promovam milagres modernos, parece que os homens, apesar dos diplomas e qualificações profissionais, não servem de nada quando se trata de coisas com fios. Eles não evoluíram. Ainda se recusam a pedir informações. Infelizmente, depois que você aprende a fazer sozinha, não tem mais volta: eles sabem que nós podemos fazer, então para que tentar?

A REGRA: *O poder está em ser capaz de fazer você mesma.*

A vida fica muito mais fácil quando você aprende a consertar as coisas sozinha (ou sabe a quem chamar), em vez de depender do marido para resolver tudo. Ele vai apreciar sua atitude, iniciativa e liderança.

AS REGRAS DA REBELDE:

1. Quando estiver em dúvida: desligue e ligue de novo. Se isso ou um bom chute não resolverem o problema, chame um profissional.
2. Ponha o número de seu faz-tudo na memória do telefone.
3. Compre uma caixa de ferramentas e estoque pilhas de todos os tipos — quem sabe seu marido não fica com inveja e começa a se interessar por essas coisas.
4. Compromisso uma vez por semana à noite: faça um curso de decoração; é divertido!

Capítulo 32
A fantasia da dona de casa

O MITO: *Os rapazes que fazem consertos são sempre iguais aos galãs da TV — sorte sua se a lava-louça quebrar!*

Lembra daquele cara da propaganda da Coca Light? O nome dele é Lucky Vanous e ele é *um tesão*. Nos anos 90, como o peão de obra suarento que tomava goladas de Coca Light seminu enquanto todas as mulheres do escritório olhavam, extasiadas e cheias de cobiça, pela janela, Lucky causou uma verdadeira comoção. Para as mulheres de vinte a trinta anos que trabalhavam fora naquela época e são as mães e donas de casa de hoje, esse comercial foi o começo do mito do bonitão da manutenção.

O homem que trabalha com as mãos simplesmente tem, digamos, um apelo especial — principalmente quando é tão lindo. Se é esse o tipo de distração que me espera durante o dia, até que eu faço o sacrifício de ficar em casa! Já estou me vendo em casa o dia inteiro, ligando para os bonitões, e eles vindo imediatamente para consertar seja o que for que tiver quebrado... Hum, o Príncipe Valente numa *pick-up* branca com um cinto de ferramentas. Topo na hora!

A REALIDADE: *Os comerciais da TV não são a vida real!*

Ah, querida, eis aqui a triste realidade do típico rapaz do conserto:

- Em vez de bem-apanhado, é mais provável que ele seja bem atarracado. E em vez da visão tentadora de uma barriga malhada e braços fortes, o que você normalmente tem é uma visão... deplorável (de fazer você até se arrepender do que está vendo...).
- Em vez de vir imediatamente, você provavelmente vai ouvir: "Quando der, eu passo aí... na semana que vem, tá?", naquele irritante tom anti-dona de casa, como se estivesse pensando que você não tem mais nada que fazer na vida senão esperar ele aparecer.
- E depois tem toda a questão do equívoco quanto à palavra "conserto"... Se você quer mesmo que alguma coisa em sua casa volte a funcionar, conserte-a você mesma, encha o saco de seu marido para fazê-lo (e espere mais um mês) ou chame seu sogro — de longe, a melhor opção, porque ele vai acertar de primeira, geralmente em pouco tempo e não vai estar esperando nada em troca!

Se você está esperando o mítico galã do conserto, se prepare para esperar muito. O melhor, aliás, é ligar a TV — vai ser bem mais fácil você pegar uma reprise do velho comercial da Coca Light.

Porém, um belo dia — e o problema é que você nunca sabe quando — acontece de você estar em casa esperando o velho e seboso eletricista aparecer para consertar uns interruptores ou desentupir uma pia... quando ele puder, claro... e você não toma banho nem se arruma porque... ora, para quê? E aí, de repente, quem bate à sua porta? O irmão — primo, aprendiz ou seja lá quem for — mais novo — um gatão maravilhoso que podia muito bem ter feito aquele comercial no lugar de Lucky! O que você faz? "Ah, pode entrar e começar, por favor... Quer alguma coisa? Água? Café? Refrigerante? (Eu?) Volto já... Acho que tem mais umas coisas pra consertar..."

Agarre o telefone, corra para o banheiro e dê um trato instantâneo: mude a roupa, lave o rosto, escove o cabelo, ponha um pouco de maquiagem, pelo amor de Deus! Fazendo tudo isso ao mesmo tempo, ligo para Vicki: "Venha pra cá — *agora!* O eletricista está aqui — você não vai acreditar! Não, não estou ligando pra pedir que você fique aqui porque eu tenho de sair — você tem de vir e ver com seus próprios olhos! Arranque uns fusíveis ou quebre umas lâmpadas pra que ele tenha de ir até sua casa também!"

Sei que é lamentável, mas as chances de paquerar com uma platéia cativa em sua própria casa são raríssimas — você tem de agir rápido!

A REGRA: *Orgulhe-se de poder dar referências do bonitão do conserto.*

As donas de casa rebeldes *precisam* se unir nisto: se você encontrar um, deve recomendá-lo! Mas antes que a notícia se espalhe, você tem direito a que ele faça tudo que você conseguir imaginar na casa (estou falando de consertos e manutenção, garotas!) — provavelmente vai demorar muito até que ele possa voltar.

AS REGRAS DA REBELDE:

1. Fique preparada. O bonitão do conserto só aparece quando você não tomou banho nem está arrumada.
2. Se ele tiver suor forte, mau hálito ou dentes manchados de nicotina, não pare de falar. Arrume alguma coisa para fazer. Segure o telefone no ouvido, mesmo que não tenha ninguém na linha.
3. Combine com uma amiga que vai telefonar em caso de emergência — ou se o rapaz do conserto for tagarela demais.
4. Fala mansa funciona sempre, em qualquer situação — não esqueça disso!

Capítulo 33

Dinheiro de montão, amorzão

O MITO: *Amar um homem rico é mais fácil.*

Dinheiro não dá em árvores, como dizia meu pai. Quando menina, eu não pensava em dinheiro. Não fui criada com luxo, mas como tinha tudo que precisava, nunca tive de pensar muito sobre o assunto. Eu partia do princípio de que ia me casar com um cara que ganhasse montes de dinheiro (ou, melhor ainda, que tivesse um pai que lhe desse esse dinheiro) — e, é claro, sendo produto dos anos 80, seria a *Mulher Maravilha*! Seria diretora de uma empresa (qual, eu não sabia) e, quando tivesse 28 anos, estaria ganhando o mesmo ou mais que meu bem-sucedido marido, que seria o principal executivo de uma empresa concorrente — e, assim, poderíamos trocar segredos empresariais sob os lençóis!

Nossa doutrina: vamos viver conforme nossas possibilidades. Vamos gastar metade de nossa renda e poupar o resto. Vamos cuidar da nossa conta bancária de modo a sempre ter alguma reserva. Pagaremos tudo à vista; nada de dívidas conosco. Seremos ricos, ricos, ricos! Vamos investir na bolsa e, com todo o nosso tino, vamos comprar na baixa e vender na alta. A velha tia Jane se lembrará de nós no testamento, e nossa poupança ficará garantida para sempre.

A REALIDADE: *"Filhinho de papai" não dá em árvores, e o amor não paga as contas.*

Não fiz nenhuma pesquisa oficial, mas acho que se pode dizer sem susto que 99% dos homens que vemos por aí não são filhinhos de papai e precisam trabalhar. Minha chance de encontrar um rico herdeiro a quem eu amasse e que me amasse também era nula. O homem por quem me apaixonei na faculdade (e com quem me casei depois) nunca se importou que eu pagasse o jantar — ele sempre estava duro!

Minha ingenuidade era uma coisa fantástica. Com um diploma universitário debaixo do braço, achava que estava pronta para enfrentar o que quer que fosse. Pensava que bastariam uma ou duas semanas para encontrar um emprego e começar minha escalada empresarial. (Sabia que não poderia começar como presidente.) Estava interessada naqueles maravilhosos benefícios salariais extras: avião particular, minha própria sala de reuniões e um discreto armário com bebidas em meu escritório.

O que eu encontrei foi um emprego ganhando menos de US$1.400 por mês fazendo a mesma coisa que fazia quando estava na universidade: vendendo roupas. Só tinha um pequeno detalhe: não era para eu estar bancando a caixeira-viajante; eu devia era estar mandando em milhares de pessoas — sabe como é, administrando as coisas.

Bem que eu queria que o dinheiro desse em árvores — isso *realmente* adiantaria o meu lado. Tudo custa muito mais do que você jamais poderia imaginar. Vejamos a casa, para começar: apertar o cinto para comprar uma casa maior parece uma ótima idéia até você precisar mobiliá-la fazendo contratos com administradoras de cartões de crédito que lhe prometem o primeiro pagamento só depois dos cinco primeiros anos. E cinco anos depois, você se dá conta de que ainda não tem o dinheiro porque agora já tem filhos! Com a casa nova, vem a garagem nova, que precisa de um carro novo, que bebe rios de gasolina... e, claro, mais pagamentos.

Eu nunca havia sonhado que a pré-escola custasse mais do que toda a minha faculdade. Como é que se pode planejar uma coisa dessas?

E que dizer das continhas-surpresa? O encanador que vai desentupir o vaso sanitário por US$75 e de repente lhe diz que vai custar

US$875 porque ele vai ter de tirar o vaso do chão para arrancar a meia dúzia de brinquedos que foram literalmente por água abaixo?

Nunca conseguimos poupar nada com dois salários. Como foi que pensamos que conseguiríamos com um só — e filhos? Não acho que pagar a conta de um cartão com outro seja método de poupança.

Talvez o segredo esteja em jamais zerar as contas mesmo. Quando você finalmente acha que conseguiu resolver o lance do dinheiro, a bolsa cai, seu fundo de garantia não vale mais nada (devia ter gastado tudo antes dos trinta anos) e você descobre que a velha tia Jane não tem um centavo. Parece que você está de volta à estaca zero, só que agora tem escola e aulas de piano para pagar e uma casa ainda maior para manter — com apenas um salário e ainda pegando dinheiro emprestado com papai e mamãe para fechar o mês.

A única coisa em que esta supermãe no fim conseguiu foi mandar nos dois filhos e no marido.

A REGRA: *Não importa qual seja a sua renda, você sempre precisa de mais.*

Existem três formas de esticar o dinheiro até o fim do mês:

Cortar as despesas. (Você nunca consegue fazer isso.)

Encurtar o mês. (Ainda não descobri como fazer os outros toparem esta.)

Ganhar mais dinheiro, querida! (Essa é a idéia em que estamos investindo.)

AS REGRAS DA REBELDE:

1. Lição dos anos 90: liqüide seus fundos, ações e tudo que puder assim que tiver essa opção.
2. Aproveite o estilo DSSF (dois salários, sem filhos) enquanto pode — provavelmente você não vai ter tanto dinheiro e liberdade depois que for mãe.
3. Você vai ter de cortar alguma despesa — economize! Pensando bem, você precisa mesmo de toda essa tralha?
4. Veja qual é o saldo da conta da velha tia Jane antes de gastar sua herança.
5. Continue jogando na loteria!

PARTE SEIS
Como é que ela consegue?

Capítulo 34

Licor Kahlua no café

O MITO: A PERFEIÇÃO É A BASE DA FELICIDADE DOMÉSTICA.

Tenho uma amiga — na verdade, ela não é bem amiga, é mais uma conhecida. De qualquer forma, ela é a representante moderna das mães do passado: sempre arrumada, sempre bonita, simpática, generosa, calma. A encarnação atualizada da Mulher Perfeita: trabalha dois turnos, se oferece para ajudar como voluntária na escola e no bairro, tem uma casa impecável (encontrou a babá-empregada perfeita e pode pagar o salário dela) e provavelmente vive noites de paixão e sexo selvagem com o marido, perfeito e bem-sucedido, todo santo dia.

Ela jamais se cansa; jamais tem uma dor de cabeça, TPM ou infecção vaginal. É a perfeição em pessoa — como diabos é que ela consegue?

A REALIDADE: *Ninguém tem uma vida perfeita.*

Drogas, álcool e antidepressivos, só pode ser.

Embora às vezes eu tenha a impressão de que o mundo está cheio dessas mulheres perfeitas, felizes, que têm tudo, fazem tudo e são tudo, a realidade — minha realidade como dona de casa rebelde — é muito diferente.

Se é que posso ser exemplo, vou ser sincera: nunca estou "arrumada" — quem tem tempo? Sou do tipo lavar e vestir, jogar em cima o que for mais confortável, o que estiver limpo. Tive de simplificar muito meus padrões de beleza: eles já não incluem maquiagem completa nem cada fio de cabelo no lugar. Se consigo escovar os dentes, lavar a cara, pentear o cabelo e prendê-lo num rabo-de-cavalo — e ainda garantir que os três filhos e o marido também façam o mesmo e saiam correndo com o "café da manhã" na mão para evitar outro aviso de atraso na entrada em sala, perfeito. Isso é um bom dia.

Simpática, generosa, calma... Juro que me esforço, mas parece que sempre tenho de estar estressada para fazer as coisas, correndo de um lugar para o outro para não chegar atrasada (mais que alguns minutos, pelo menos). Prefiro esperar as crianças na saída da escola dentro do carro, na fila mesmo. Assim não tenho de ficar de papo nem ver ou ser vista, principalmente quando não encontro nada limpo e preferi pôr um cesto de roupa para lavar antes de sair ou dormir uns poucos e preciosos minutos em vez de passar uma roupa limpa.

Trabalho em tempo integral e até mais, embora seja em casa e tenha a vantagem da flexibilidade e da liberdade de não ter patrão, colegas nem contracheque. Colaboro voluntariamente na escola uma vez por semana, mas só porque fiz disso uma prioridade — e porque assim tenho uma desculpa para não ter de fazer nenhum outro trabalho voluntário. Não tenho uma casa impecável — uma vez resolvi que a meta da semana era pôr em dia a roupa suja, e a louça ficou sem ver água por sete dias. Tenho inveja dessas mulheres que conseguem preparar uma refeição saudável e deliciosa para a família toda noite *e* deixar a cozinha limpa antes da hora de dormir. Nunca encontrei (nem, muito menos, posso pagar) a babá-empregada perfeita, apesar de ter uma faxineira que me dá uma mão com a limpeza uma vez por semana. Ela não cuida de crianças, não lava a louça nem ajuda com as roupas.

Tenho noites de paixão e sexo selvagem com meu marido... quando saímos para um fim de semana romântico ou as crianças não estão em casa. Fora isso, o sexo é um pouco menos de selvagem, com toda a paixão possível, em geral "rapidinhas"... quando não estamos exaustos na hora em que nos deitamos e quando não tenho uma dor de cabeça, TPM ou infecção vaginal.

Depois de ter o terceiro filho e me mudar para a perfeição de Buckhead (um bairro chique de Atlanta), tomo diariamente dois medicamentos que exigem receita médica: o primeiro para não ter mais filhos e o segundo para me ajudar a sobreviver a cada dia com os que já tenho. E ponho Kahlua no café — ora, a gente faz o que precisa para ir em frente.

A perfeição é um mito. Todos nós nos viramos da melhor forma que podemos. Todos temos direitos a ter um mau dia; às vezes ele dura uma semana, um mês ou até um ano. Lembre-se daquela frase de Shirley Maclaine em *Flores de Aço*: "Eu não sou louca, M'Lynn. Só estou numa fase muito ruim há quarenta anos!"

A REGRA: *Não perca a perspectiva real das coisas.*

Seja realista e enfrente cada dia com humor. Faça o melhor que pode e procure não se preocupar com as expectativas e opiniões dos outros. Se você tiver um dia ruim que durar mais que umas duas semanas ou um mês, procure ajuda.

AS REGRAS DA REBELDE:

1. Tanto Kahlua quanto rum também são vendidos naquelas garrafinhas de uma dose. Se você tiver que passar o verão inteiro assistindo a matinês em cinemas cheios de crianças gritando, pelo menos ponha um pouquinho de rum no seu copo de Coca-Cola (mas só um pouquinho)!
2. Organize-se para vencer: providencie uma sapateira e uma cesta para guardar os sapatos e as meias das crianças na garagem, no corredor ou no hall de entrada. Assim, você se poupará horas de desespero tentando encontrar meias iguais e sapatos perdidos na hora de sair correndo de casa.
3. Comece a caminhar. O exercício feito ao ar livre e regularmente pode salvar sua sanidade mental.

Capítulo 35
Mentirinhas

O MITO: *A franqueza é a melhor política no casamento, na família e na vida.*

A verdade e nada mais, certo?

"Com quantos homens eu já fui pra cama? Bom... quarenta, e o garanhão italiano dava quatro numa noite só! Mas tudo isso é coisa do passado, gatão — pra mim só existe você agora!" Ele não vai se incomodar se eu for sempre sincera e aberta.

"Para dizer a verdade, amor, sua mãe é uma péssima cozinheira!" Tenho certeza que ele já sabe disso, de qualquer jeito.

"Seja sincero comigo... Esta roupa me deixa mais gorda?"

"*Claro* que é novo! Gastei US$250 no *shopping* hoje!"

"Gostou do que eu fiz no cabelo?"

Eu vou falar se ele precisar cortar o cabelo, se a barriga estiver crescendo, se estiver se comportando como o pai (quando não devia) — franqueza clara, direta, à moda antiga. É isso aí.

E franqueza com as crianças também é fundamental. Como é que elas podem crescer e tornar-se adultos confiáveis e bons cidadãos e cidadãs se nós não lhes contarmos a verdade? Papai Noel? Coelhinho da Páscoa? Será que realmente é uma boa idéia criar nossos filhos acreditando em um velho onipotente que "sempre sabe" e pode entrar na nossa casa quando quer, pela chaminé ainda por cima, para dar recompensas e gratificações baseadas no comportamento? O coelho que adora todos aqueles ovos coloridos — de quem foi essa idéia? Com boa orientação dentro de casa e sinceridade absoluta, nossos filhos não precisariam dessas mentiras nem dessa fantasia toda, e todos viveríamos muito melhor!

A REALIDADE: *Todos nós precisamos de "mentirinhas" para viver — para tornar a vida um pouco mais agradável, para tornar as coisas muito mais fáceis para todo mundo.*

"Eu disse *quatro*, amor, não quarenta — e nenhum deles era tão bom quanto você!"

"Adoro a torta de peru da sua mãe. É tão... tão... peru!" (pensando: "Isso tem gosto de sola de sapato, e não acredito que ele goste").

"Mas é de carne moída."

"Ah, sim, claro, eu logo vi. Hum, que delícia!"

A verdade é que sem dúvida há coisas que eu *não* quero saber. Prefiro ficar "uma gata" com tudo que visto. Não preciso que ele me diga que o vestido me faz aparentar uns quilos a mais — eu sei perfeitamente disso porque minha calça *jeans* não está fechando. Quero que ele minta e diga que eu continuo igual — tão bonita, se não mais — ao que era no dia em que nos casamos.

Prefiro a política do "não pergunte, não fale" toda vez que passo a tarde no *shopping* e sempre apelo para a velha desculpa: "Ah, esta velharia? Está enfurnada no *closet* há séculos!" Nós dois ficamos mais felizes assim. E deixemos uma coisa bem clara: *nunca* há nenhuma razão para ele dizer que não gostou do meu cabelo, independentemente de eu estar com o cabelo louro, ruivo, espetado, empastado ou frisado. A única coisa que eu preciso ouvir é: "Você ficou dez anos mais nova!"

Imagine só, franqueza absoluta com seu marido quanto ao comprimento (ou ausência) do cabelo dele (ou qualquer outra coisa); os "pneus" que ele está "criando" ou as roupas que ele escolhe... Nem pensar! Seria crueldade. E pode acreditar que não vai haver nenhum presente especial nem surpresas maravilhosas em seu aniversário de casamento se você disser que ele está ficando cada vez mais parecido com o pai... mesmo que seja verdade!

E com as crianças é imprescindível — senão como é que você conseguiria atravessar o ano até o dia 25 de dezembro sem a ameaça de que Papai Noel vai trazer um pedaço de carvão em vez de brinquedos? O coelho da Páscoa serve não só como desculpa para você levar todos os seus doces preferidos para casa, mas também como símbolo importante pelo resto do ano da obrigação de tratar bem os animais. Ele é o arauto-da-primavera, o protetor dos animaizinhos que as crianças poderiam maltratar se o coelho da Páscoa não estivesse vigiando!

Usamos a "Patrulha das Crianças" de mentira o tempo todo, principalmente na hora de ir para a cama. São uns guardas muito sérios que fazem ronda pela cidade para ver se todas as crianças estão na cama na hora certa. Se não estiverem, eles levam todo mundo (inclusive os pais) para a cadeia (e lá não tem brinquedos!). Para aumentar o efeito, meu marido às vezes toca a campainha e aponta o foco da lanterna para uma janela. Funciona, sabe?

A REGRA: *Aprenda a ficar de boca fechada para não meter os pés pelas mãos.*

Há certas verdades que é melhor não revelar nunca. É melhor contar uma mentirinha que ser cruel — com qualquer pessoa que seja.

AS REGRAS DA REBELDE:

1. Feche essa boca! Rapidinho!
2. Se não tiver nada gentil para dizer... invente.
3. Seja generosa: quando ele engordar cinco quilos e não conseguir fechar a calça *jeans*, diga que deve ter encolhido na lavagem.
4. *Cuidado:* Nunca diga na frente das crianças o que não quer que elas repitam depois — elas vão dedurar você sempre!

Capítulo 36

A mamãe sabe tudo

O MITO: *A mamãe sempre sabe tudo.*

Pelo menos é o que se espera. Minha mãe sempre sabia — tudo:

Quando eu não fazia alguma coisa que dizia ter feito: "Sim, eu limpei meu quarto."

Quando eu fazia alguma coisa que dizia não ter feito: "Não, eu não peguei aqueles seus brincos coloridos chamativos."

Quando eu tentava fazer corpo mole, pegar um atalho ou procurar uma saída fácil: "Está limpo!"

Ela sabia.

Ela sabia que a "limpeza" do meu quarto tinha sido simplesmente jogar tudo para debaixo da cama. Nem precisava ir até lá para ver.

"Vá procurar os brincos naquela bagunça que você acaba de empurrar para debaixo da sua cama — e não revire os olhos pra mim, mocinha."

Era como se ela tivesse olhos nas costas. E eles eram bem funcionais e precisos, viam tudo mesmo — até eu fazer 15 anos, quando finalmente descobri que a onipotência da minha mãe estava com sinais de envelhecimento. Mas até então ela era onipotente, e eu sempre levava a pior todas as vezes.

A REALIDADE: *A intuição materna é simplesmente sorte na adivinhação.*

Eu ainda não achei os olhos que deveria ter nas costas. Com meu mais velho já com nove anos, estou chegando ao fim do prazo! Tive de improvisar:

"Zach, vá escovar os dentes."

"Já escovei!"

"Não escovou nada. Vá escovar os dentes." (Estava jogando verde, dando ouvidos a um sussurro da intuição.)

Na primeira vez, funcionou — ele voltou ao banheiro e escovou os dentes!

No dia seguinte:

"Zach, vá escovar os dentes."

"Já escovei!"

"Não escovou nada. Vá escovar os dentes."

"Mãe, eu escovei *sim!*" (Meio convincente, mas mesmo assim...)

"OK, vou olhar sua escova — se estiver seca..."

Funcionou de novo! Ele correu para escovar os dentes antes de eu dar o primeiro passo para ir até o banheiro.

No terceiro dia:

"Zach, vá escovar os dentes."

"Já escovei!"

"Escovou mesmo?"

"Minha escova está molhada e tudo!"

"Zach, vá escovar os dentes."

"Ahhhhh... Como é que você sempre sabe?"

Agora que sou uma mãe mais experiente, sei perfeitamente que as mães não podem saber tudo. Continuo sem os olhos extras, mas todas nós temos uma forte intuição materna, se quisermos dar-lhe ouvidos. É intuição baseada em experiência, observação e probabilidade — e quando tudo isso falha, se você *agir* como se soubesse de tudo... bem, então talvez você consiga ir em frente assim por uns 15 ou 16 anos.

A REGRA: *Escute — e use — sua intuição.*

Procure adivinhar e aja com segurança — você vai impressionar seus filhos com sua terceira visão!

AS REGRAS DA REBELDE:

1. Se eles não lhe olharem nos olhos, alguma coisa está acontecendo.
2. A linguagem corporal é muito reveladora, especialmente nas crianças.
3. Treine o papai para responder sempre: "Como sua mãe disser..."
4. Deixe-os adivinharem sempre — nunca responda "Como foi que você soube?", principalmente se tiver sido por pura sorte!

Capítulo 37

Mamãezinha querida

O MITO: *Mãe que é mãe nunca tem um ataque de nervos.*

A menina se joga no chão do mercado, cheio de verduras caídas das prateleiras, e dá um chilique que parece um ataque epiléptico. A mãe tranqüilamente levanta a menininha, passa-lhe a mão pelo cabelo e sussurra-lhe no ouvido palavras que a acalmam.

Essa mãe deve ter nervos de aço. É impressionante como certas mulheres realmente conseguem ter tudo: a profissão, os filhos, o guarda-roupa! Ela está tão arrumada, a maquiagem perfeita, as unhas feitas, o cabelo ajeitadíssimo. Aposto que a casa está limpíssima, o carro, lavado e a roupa, passada a ferro e dobrada.

Parece que certas mães nunca perdem o controle. Suportam heroicamente qualquer coisa. Não têm na testa a menor ruga de preocupação pelo sucesso acadêmico nem pelo bom comportamento dos filhos. Aposto que esses filhos fazem a cama todo dia e sempre guardam os brinquedos. E quando não é assim, tudo bem. Isso não quer dizer que sejam bagunceiros. Não importa que ela tenha passado a noite cuidando da roupa suja (depois de ter trabalhado o dia inteiro) porque a filha brincou de faz-de-conta que era um porco rolando na lama com o vestido novo. Ela sorri e não desce do salto: lembra à menina que mamãe trabalha duro e que não se deve brincar assim com as roupas novas.

A REALIDADE: *Há um ponto em que todos nós perdemos as estribeiras.*

Saiba que todas as mães têm seu limite, só que a maioria simplesmente é esperta o bastante para só perder o controle quando está longe da platéia. Algumas são mais tolerantes, mas chega uma hora em que todas "piram". Imagino que a mãe que vi no mercado na verdade disse à filha:

"Levante do chão agora se não quiser passar o resto da vida de castigo trancada no quarto!"

Eu começo o dia como um furacão, pegando do chão tudo que encontro no caminho, inclusive o copo de leite que Lillian dá um jeito de derramar todo dia para mim. Depois limpo a pasta de dentes que caiu na pia — por que eles sempre melam tudo com pasta de dentes? — e o cocô do cachorro de cima do tênis de meu filho. Ainda estou calma.

Passo a hora seguinte arrumando o material de natação para levar as crianças para a aula. Chegamos, eles trocam de roupa, vão para a água e eu abro uma revista que estou tentando ler há um mês. Dez minutos depois, as crianças choramingam que a água está fria demais. Querem voltar para casa. Agüento a lamentação por mais dez minutos até desistir. Arrumamos tudo e voltamos para casa. Ainda estou calma.

"Ah, que saco, mãe. Não tenho com quem brincar."

"A gente estava na piscina com mais cinqüenta crianças, não lembra? E você quis vir para casa!"

"A gente não pode voltar?"

"Não." Ainda estou calma.

Enquanto estamos debatendo a questão da piscina, olho para o chão e vejo que estou pisando numa poça d'água em plena sala de estar. A água da descarga está vazando desde que minha filha usou o vaso, antes de sairmos. Atravessou o chão e está pingando pelo teto da sala (esse material de construção leve...). Pego o rodo, o balde e o esfregão e dou início a meu turno de encanadora. Ainda estou calma.

Depois que enxugo o chão, o cachorro vomita no meu pé o bicho esquisito que achou para almoçar. Ainda estou calma.

O telefone toca e é meu marido, perguntando se eu poderia dar uma chegada até o correio para mandar as declarações de impostos e evitar a multa. Tudo bem. Arrasto as duas crianças cansadas para o carro e vou. Lillian diz que não está se sentindo bem, e eu a carrego no colo para entrar na agência. Na fila, meu filho pega os envelopes e joga tudo no chão. Peço-lhe tranqüilamente que pegue os envelopes, e ele me dá a língua. Sorrio para as pessoas que estão na fila.

"Ele está cansado, não reparem."

Pego os envelopes com Lillian no colo. Despacho tudo, volto para o carro e o carro não pega. Ligo para a assistência técnica e espero uma hora até eles aparecerem e me dizerem que estou sem gasolina. Mas Brad não encheu o tanque este fim de semana? Pelo visto, não. Arrumo um pouco de gasolina e volto para casa. Ainda estou calma.

O marido chega do trabalho.

"Você pegou minhas camisas na lavanderia?"

"Não!", berro, finalmente atingindo o limite em que perco o controle, deixo de ser a Mamãezinha Querida e começo a gritar alguma coisa a respeito dos cabides de arame.

"Vão pro quarto e não saiam — nunca mais! Brad, a escravidão acabou há cem anos; trate de dar conta sozinho de suas próprias coisas! Já chega. Tô fora. Pra mim, chega."

Não estou calma.

A REGRA: *Perder as estribeiras é normal.*

Corra para seu quarto, feche a porta e dê um grito primal — é ótimo! Ponha tudo para fora. Reinicie. Recomece do zero.

AS REGRAS DA REBELDE:

1. Ande. É impressionante como andar ajuda a espairecer as idéias.
2. Uma dosezinha de tequila faz maravilhas.
3. Não deixe de ter uma amiga para quem possa ligar e descarregar as tragédias do dia.
4. Transe — uma boa transa acaba com o stress do dia.
5. Para obter ajuda, volte ao Capítulo 34, "Kahlua no café".

Capítulo 38

A escapada da mamãe

O MITO: *Sempre vou adorar ser chamada de mamãe.*

A primeira vez que meu filho me chamou de "mamãe", eu chorei. Na verdade, ele me chamou de "ma-ma", e soou mais como "ba-ba", mas vamos deixar a parte técnica de lado — eu sabia o que ele estava dizendo. De repente, eu havia deixado de ser "Vicki" e me transformado em "mamãe", e minha vida jamais seria a mesma. A Vicki de antes agora era uma mãe, com toda a responsabilidade que a palavra, em suas várias manifestações, acarreta.

"*Mãêêêêêêêêê!* Cadê minhas meias?" Parece que só a mamãe sabe onde as meias estão.

"*Mãe*, preciso de um *band-aid*!" Só as mães sabem curar.

"Você é a pior mãe do mundo!" — é o que Clayton diz quando o ponho de castigo.

"Você é a melhor mãe do mundo!" — é o que Lillian diz quando lhe dou sorvete antes do jantar.

À medida que as crianças foram crescendo, o uso da palavra *mãe* se expandiu quando os amigos delas começaram a dirigir-se a mim:

"Oi, mãe do Clayton."

"Mãe da Lillian, posso beber água?"

Certa feita, contei quantas vezes a palavra *mãe* era pronunciada na casa — 103 vezes num só dia. Até Brad estava me chamando de mãe. Vicki simplesmente desapareceu, e essa nova criatura assumiu seu lugar.

Achei que estava pronta para a transformação, para ser mãe. Que estava pronta para dar adeus a Vicki e receber de braços abertos essa nova entidade: mãe, mamãe... sim, sou eu mesma!

A REALIDADE: *Qual é meu nome, afinal?*

Lembro-me de cada vez em que estive fora sozinha desde que meus dois filhos nasceram: foram exatamente duas vezes. E quero dizer sozinha mesmo, sem marido: duas gloriosas vezes em que fui simplesmente Vicki por pelo menos dois dias consecutivos e uma noite fora.

A primeira escapada foi uma viagem a Londres para fazer uma surpresa a minha tia, que estava fazendo setenta anos. Antes de deixar as crianças com Brad, trabalhei semanas fazendo listas do que fazer e de onde estava cada coisa, inclusive as meias. Enchi a despensa e entupi o *freezer* de comida congelada. Combinei com as mães datas para as crianças brincarem com os amiguinhos e pedi a todos os meus amigos que ajudassem. Cheguei até a pensar, a certa altura, se valia mesmo a pena ir. Todo aquele trabalho para deixar tudo pronto para minha saída estava me deixando exausta, mas resolvi pensar nos dias que teria para ser Vicki.

Nesses dias em Londres, acordei quando quis, comi quando quis, fui ao banheiro sozinha — sem interrupções — e fui aonde quis. Liberdade total. Fui até a um bar com minha irmã e conversei com homens desconhecidos! Ninguém tinha a menor idéia do meu *alter ego*. Mamãe estava descansando e Vicki estava na rua!

A segunda vez que Vicki voltou à tona foi um pouco diferente. Vicki tinha ficado suprimida muito tempo e quando viu a oportunidade de emergir, agarrou-a com unhas e dentes.

"Brad, minha tia Sally faleceu e tenho de ir ao enterro. Você vai ter de pedir licença do trabalho para ficar com as crianças. Preciso sair em uma hora."

"Uma hora? Por que essa pressa toda?"

"É o único vôo." (Mentira.)

Nada de preparativos dessa vez. Não havia absolutamente nada para comer em casa, mas eu não estava preocupada. Sabia que Brad não os deixaria passar fome. Cheguei ao aeroporto duas horas antes com uma malinha de mão. Nada de arrastar tralhas, ninguém chorando que está com fome, ninguém derramando nada em mim, ninguém me dizendo que não compre três revistas para ler no vôo porque no aeroporto o preço é o dobro — paz e sossego, simplesmente. Podia até escutar meus próprios pensamentos. Fui a uma cafeteria, pedi um café com leite e me sentei para ver as pessoas passarem. Observei o caos que todas as mães vivem ao viajar com crianças: chororôs, brigas e, não esqueçamos, tralhas. Gozei de cada minuto do meu café e embarquei em meu vôo.

Minha mãe e minha tia (não a que morrera; a do aniversário de setenta anos) foram me pegar no aeroporto em Minneapolis. Eu sabia que elas estavam doidas para me ver; havia séculos que não nos reuníamos as três. Assim que nos encontramos, começamos a falar todas ao mesmo tempo, comentando minha saída rápida deixando as crianças com Brad. Minha tia reparou no quanto eu estava feliz, e eu lhe disse: "Estou me sentindo tão livre!" Livre como um tigre que sai da jaula por um dia.

Fomos para a casa onde vivi minha infância e foi então que percebi que havia mais de sete anos que não ia lá sozinha! Ali não precisava tomar conta de ninguém, cozinhar para ninguém, levantar da cama para ninguém, ser mãe de ninguém! Minha mãe cuidaria de mim! Abrimos um champanhe para comemorar o fato de eu estar de volta a casa — e sozinha! Tinha meus pais só para mim. Brindei à vida e bebi com meu pai até a meia-noite. No fim, até fumamos um charuto. Dormi até as nove horas e tomei café da manhã preparado pela mamãe. Papai deixou suas habituais caçadas de lado para passar o dia comigo. Saímos para almoçar e ficamos rodando pelas ruas. Quase cheguei a esquecer que estava lá para um enterro; estava me divertindo tanto em não fazer nada! Minha mãe perguntou se eu não queria ligar para casa, e eu respondi que não, pois estava certa de que Brad cuidaria de tudo.

O enterro foi no dia seguinte. Revi toda a minha família, gente que não via havia quase vinte anos. Confraternizamos, rimos e relembramos nossa infância. À noite minha mãe fez o jantar de novo e cuidou de mim o tempo todo. Até lavou minha roupa, para que eu não precisasse fazer isso quando voltasse para casa. Quando estava pronta para sair para o aeroporto, fiz uma oração por minha tia recém-falecida:

"Obrigada, tia Sally, por me dar o maior presente: o de voltar para casa e ser 'só Vicki' de novo."

Embarquei com um sorriso nos lábios — quem diria que voltar para a casa da família para um enterro seria o meu maior programa de férias? Eu me sentia pronta para voltar para a minha casa, com as baterias recarregadas.

As primeiras palavras que ouvi ao abrir a porta foram: *"Mamãe, sentimos saudades de você!"* Alegremente, Vicki voltou a dar lugar a mamãe — até a próxima vez.

A REGRA: *Dê um jeito de dar uma escapada sozinha de vez em quando.*

Ser mãe é caminho sem volta, mas você precisa de tempo para si mesma também.

AS REGRAS DA REBELDE:

1. Curta levar só uma malinha em sua escapada da mamãe — você não vai precisar arrastar a tralha de mais ninguém!
2. Não precisa ser uma viagem de sonho. A escapada pode ser para qualquer coisa: um congresso, um *spa* ou até mesmo um enterro.
3. Deixe o maridão cuidar das crianças sozinho uns dias e "se virar" — você vai ser tratada como uma rainha quando voltar!

Observação Final

Mantendo as coisas em perspectiva

No fundo, no final das contas, nós achamos que podemos tornar a vida perfeita para todo mundo. Nossa tarefa é essa, não é mesmo? Prometemos amar e respeitar (*obedecer* eu tirei dos meus votos matrimoniais — simplesmente não consigo!)... e quando chegam os filhos, assumimos a responsabilidade de alimentá-los, protegê-los, educá-los e garantir que levem consigo lembranças de uma infância perfeita e feliz, com uma mãe perfeita, sempre carinhosa, atenta, paciente e maravilhosa. É uma expectativa difícil de cumprir, mesmo para a Supermulher.

Deus nos livre de ter um dia ruim — eles poderiam ficar traumatizados pelo resto da vida! Um momento de impaciência, um ataque de irritação, seja justificado ou não, um dia ruim e pronto — sinto muito, mas você terá nas mãos um repetente ou um viciado em drogas. Não.

No final das contas, mesmo que o dia tenha sido muito ruim mesmo — todo mundo estava doente, as crianças ficaram em casa o dia inteiro, papai estava fora da cidade a trabalho, deu tudo errado e Mamãezinha Querida "baixou" — procure ter uma perspectiva um pouco mais real perguntando a seus filhos, assim que for apagar as luzes e dizer "Boa noite" pela última vez: "Como foi o dia hoje?"

Você vai ver que invariavelmente, não importa o quanto o dia tenha sido ruim, eles vão lhe dar aquele sorriso lindo, aquele abraço apertado e responder: "Pra mim foi *ótimo*, mamãe — eu amo você!"

Mantenha as coisas em perspectiva. Você só pode fazer o que pode fazer — viver, amar, rir. Faça o melhor que puder — o maridão ainda a ama, seus filhos também. Procure pensar na próxima aventura — um dia de cada vez, gata.